旅人よ どの街で死ぬか。

男の美眺

伊集院静

集英社

パリ、サン・ラザール駅を発った列車は北へむかい、
ノルマンディ地方のドーヴィルを目ざす。

撮影／宮本敏明

パリ。鉄骨で作られたエッフェル塔は高さ約300メートル。
パリ万国博覧会の前年、1889年に建造された。

M
Le Selec
ROTONDE

パリを流れるセーヌ川左岸、モンパルナスの夜。
新旧の有名カフェ、レストランが軒をつらねる。

スコットランド、
かつての「国境」を意味する
ボーダーズ地方。
ボーダーズは旧称であり、
現在はスコティッシュ・
ボーダーズ。

フランス陸軍の博物館、アンバリッド。
地下に安置された棺にナポレオンが眠る。

パリの映画館。
街を知るには酒場か娼家に限るが、
小屋や小劇場は大人の男に安堵を与える場所である。

REX

写真左、円形に並ぶ柱のなかに、元々の古い樫の木がある。ゲルニカの人々は、樫の木の下であらゆる問題を合議してきた。

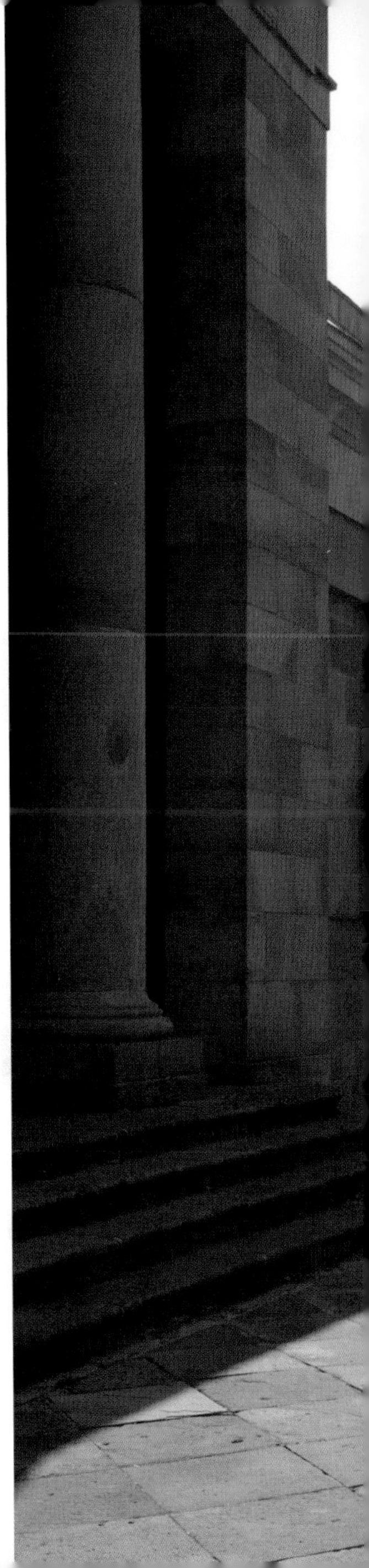

1937年4月26日。バスク地方の街ゲルニカはナチス・ドイツ空軍による無差別爆撃と機銃掃射にさらされた。

スペイン、バスク地方の都市ビルバオ。
威容を誇るフランク・ゲーリー設計の
ビルバオ・グッゲンハイム美術館。
1997 年開館。

フランス北西部の工業都市ル・マン。
1923 年以来、近郊のコースで 24 時間
耐久レースが行われる。

スペイン、バルセロナ。
サンタ・マリア・デル・
マル教会は「海のマリア」
を意味する。

街の性格を生み出すもののひとつに川がある。パリといえばセーヌ川。
分かちがたく両者はある。

スペイン・バスク地方、ビルバオの町並み。バスク語では「ビルボ」と呼ぶ。

バルセロナ。弾圧を受け、血を流したカタルーニャの人たちの声が地の底から響く。

旅人よ　どの街で死ぬか。

男の美眺

伊集院静

目次

『旅人よ　どの街で死ぬか　―男の美眺―』

プロローグ　旅よ、旅人よ、至福があらんことを　24

第一章　旅、あるいは人生について

生きる場所とは、死ぬ場所である――パリ　32
予期せぬことでしか、旅の出逢いはない――パリ　38
ボーダーでさまよえ――エジンバラ　44
歴史はくり返される――パリ　50
人間は、焦がれる生きものである――ル・マン　58

第二章　街、あるいは出逢いについて
書物は「物」でしかない――パリ　66
その血には、誇りがあるのか――バルセロナ　74
奇跡を望むか――バルセロナ　80
一本の木を見る旅――ゲルニカ　88
土地は、その意志を人間に伝えるのか――ビルバオ　94

第三章　予感、あるいは耽溺について
享楽に浸れ、溺れよ――ドーヴィル　102
無駄な消費の愉楽――ドーヴィル　110
大人の男の安堵――パリ　116
旅は、続けるしかない――パリ　122

第四章　孤独、あるいは芸術、酒について
〝孤〟であること――オーベル・シュル・オワーズ　146
やさしすぎてはいけない――サン・レミ　154
欲望に忠実であることが純粋の証し――グラスゴー　160
酒をやめようと思ったことはない――グラスゴー　166
妄想と酒は最良の友である――ダブリン　172
出発は、生きながらえるために――ダブリン　178

第五章　記憶、死、あるいは旅について
出逢った事実だけが、そこにある――パリ　186
ともかく、あがき続けることだ――パリ　192
この世には、幻想があるだけ――上海　198
それでも私は旅を続ける――上海　206

エピローグ
そうして旅は終った。　214

グラスゴー
エジンバラ
ダブリン
ドーヴィル
オーベル・シュル・オワーズ
パリ
ル・マン
ビルバオ
ゲルニカ
アルル
バルセロナ
IRELAND
UNITED KINGDOM
DENMARK
NETHERLANDS
GERMANY
BELGIUM
FRANCE
SWITZERLAND
AUSTRIA
ITALY
PORTUGAL
SPAIN

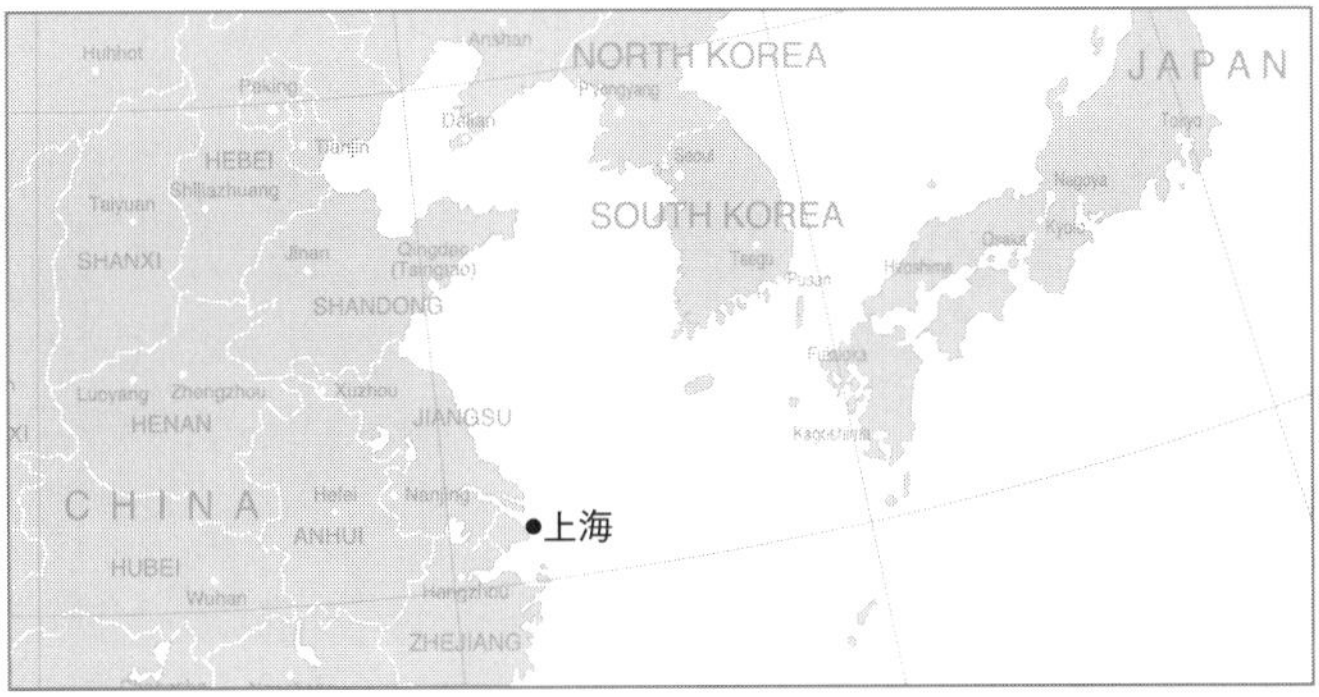
上海
NORTH KOREA
SOUTH KOREA
JAPAN
CHINA

撮影‥宮本敏明
デザイン‥志村謙（バナナグローブスタジオ）
編集協力‥近藤邦雄

プロローグ

旅よ、旅人よ、至福があらんことを

あなたが今、何歳かはわかりませんが、私たちにはこの世に生まれてきて、やってみなくてはいけないことがいくつかあると、私は思っています。

それをせずに死ぬということは、生きることへの冒瀆《ぼうとく》（いささかオーバーですが）ではないかとさえ、思います。

それを〝恋愛〟と言うロマンチストもいるでしょうし、素晴らしい音楽を聞くことであると言う人もいるでしょう。美味しいワインを飲むことだと言う人もいます。人生の伴侶を見つけることだと言いきる人もいるはずです。

そして私にとって、この世に生まれてきて、これをしなくてはならないと思えるものは、断然、旅なのです。

近世のヨーロッパで、グランドツアーという名称がつけられた旅が流行したとき、その謳《うた》い文句には、「人間として生まれてきて、もっとも至福なことは、旅をすることである」とありました。なぜそれほどまでに、人は旅に焦がれ、旅で死してもかまわぬと口にするほど、このさまよえる時間をいつくしんだのでしょうか。はっきりした理由は、彼等にもよくわかっていません。

もしかして原始、アフリカ大陸で私たちの祖先が誕生し、二足歩行をはじめた瞬間から、旅は人類とともにある運命だったのかもしれません。しかし私たちの祖先が歩んだ旅は、その距離、時間からして途方もないスケールでした。現代人に、あそこまでの壮大な旅は、まずできません。

それでも私は、旅をしたことで私の身体に、記憶に、今もきちんと埋めこまれている旅の日々が他の行動では決して得ることのできなかったことを、確信できます。できることなら、生涯旅をし続けることができたなら、と今も願っています。

この本におさめたのは、私が五十歳代のとき、身体が自由に動く間に、ここだけは訪ねてみたかったという場所にむかって旅をした折の紀行です。

なぜ旅をはじめようと思ったのか？　それは人生の終着がおぼろに見えはじめたとき、やり残していることだらけであるのに気づいたからです。しかしそれらのことは五十歳からはじめても、とてもすべてはやり遂げられないとわかりました。そこで、死ぬまでに見ておかねばならないと思える場所、街、風景のことを思いました。それならできるかもしれないと思い、旅発《たびだ》つことにしたのです。ただし、期間は二年としました。それ以上の時間を旅に費やせるほど、私には猶予がありませんでした。

そのとき私は、もしかして旅先で自分の時間が終着するかもしれないと思いました。それでも、この旅はするべきだろうと覚悟しました。五十歳になる前も、普通の人に比べるとはるかに多くの時間を、私は旅に費やしました。そうした旅の折も、旅先で自分の持ち時間が終るかもしれないという意識はおぼろにありました。しかしこの旅では、特にその意識が濃かったのも事実でした。そんな気持ちで、旅の行く先も選びました。そんな、自分の時間が尽きてしまっても仕方ないだろうという気持ちが、連載時の原題『どの街で死ぬか。』となったのでしょう。

私にとって旅とは何かということを簡単に話しておきましょう。旅とは〝日常からの別離〟だと、私は考えています。非日常の時間こそが、旅の真髄だと思います。

この本の第四章に、アイルランドを旅した文章があります。アイルランドに出かけた理由は、私が若いときから愛読していた一冊の本にあります。その本が、私を旅にむかわせたのです。

それは『ダブリン市民』という短篇集で、なかでも『counterparts（対応）』という作品に私は焦がれ続けていました。著者はジェームズ・ジョイス。20世紀が生んだ最高の小説家と私は思っています。

ジョイスが立っていた橋の上、黒い海を眺めていた浜辺、競馬のブックメーカーの店の前でためらっていた街頭……そこに自分も立ってみたいという衝動にかられたから、私は旅に出たのです。そうして、ジョイスが作りだしたアルコール依存症の主人公がさまよった路地を歩いてみたかったのです。旅の理由は、それだけで充分すぎるほどでした。

小説家である私が、小説家の立っていた場所を訪れることは、〝日常からの別離〟

ダブリンの海辺に立つ作家。同じ海をジョイスも眺めた。

にはならないと思われるかもしれませんが、ジョイスと私とでは、比べようもないほどむこうは大きいのです。ですからジョイスの幻影を追うことは、私にとって非日常なのです。

私の旅の基本とはどんなものか。その土地に足を踏み入れたなら、目で見たもの、見えたもの、歩きながら身体に伝わってきたもの、酒でも食事でも口に流しこんだもの、耳から入ってきた音色、犬のように鼻を鳴らして嗅《か》いだ匂い、肌で感じたもの……それらすべてを実感だけで捉えるのが、私のやり方です。その体験の積み重ねだけが、旅人の身体のなかに、何かを沁《し》みこませるのだと信じています。

そのいい例が第五章のポーランド、アウシュビッツの旅です。

この旅で私の身体のなかに入ってきたものは、それまで写真や資料で知っていたものとはまるで違ったものでした。学校や図書館などで見聞したものは知識でしかなく、真実の周辺を語るもので、真実とは違うということでした。歴史の真実とは、そこに足を踏み入れた者が、真実の気配を察するものなのでしょう。

序章の最後に、皆さんが、この本のなかにあるどこかの街に興味を抱き、いつか旅をしたいと思われることがあったなら、ぜひ旅されることをすすめます。この旅で、何度か私が書いたテーマのなかに、「かたちあるものはいつか必ず消えて亡くなる」ということがあります。これは歴史が証明しています。街は繁栄によって誕生し、繁栄によって廃墟となるからです。

皆さんがその街に足を踏み入れ、あてどなく彷徨《ほうこう》すれば、皆さんの身体のなかに、その街は生き続けます。それが旅の至福を得るということです。あなたが生きているかぎりの、わずかな時間ですが……。

2017年2月9日　伊集院静

第一章

旅、あるいは人生について

生きる場所とは、死ぬ場所である——パリ

今、この日、この時刻に、旅をしている男は地球上に何人いるのだろうか。ランボーがアフリカの砂漠で野宿をしながら満天の星を仰ぎ、宇宙と己のことを考えたように……、ミストラルと呼ばれる極寒の風のなかをゴッホがイーゼルと絵具をかかえアルルをさまよったように……、街角から街角へ一日十数回の喧嘩をしながらカラヴァッジオがうろついたように……、何かがはじまるのはほとんどが旅の途上である。

1924年、まだ名もなく満足な夕食も摂《と》れなかった二十四歳の、新聞社の特派員を辞めたばかりのヘミングウェイは、パリの空の下で空腹をかかえながらリュクサンブール美術館をうろついていた。そうしてこう書き記している。「私は空腹のとき、セザンヌをいっそうよく理解し、彼の風景画の描き方の真相を見てとることを学んだ」。晩年に書かれた作品の一節だから、事の真偽はわからない。作家の大半は己の時間を美化し、平気で嘘をでっちあげる輩《やから》だから。

それでもともかく、まだ作家でもなく何ものでもなかった一人の若者が何かを求めて、

パリの空の下を旅していたのは事実である。

ヘミングウェイが、いかに才能があり、いかにして作家の道を切り拓《ひら》き、いかに素晴らしい作品を残したかということは、これからはじめようとする話とはいっさい無関係である。知りたいものがあるとすれば、一人の若き作家が、いかに空腹で、いかに女たらしで、いかに嫉妬深く、日々何に対して怒っていたのか……、そんな類《たぐ》いのものである。

今、日本の大人の男はあまりに軟弱である。少し前のことだが、「ちょい不良《ワル》オヤジ」という言葉があった。馬鹿もやすみやすみ言え。そんな呼ばれ方をされるために人生なかばまで歳を重ねた男がいるわけがない。大人の男の生き方は他人から茶化されるものであってていいわけがない。

ワルはワル以外の何ものでもない。

不良だろうが、小悪党だろうが、大悪党だろうが、容赦のないものである。だから妙な善人より、うそぶくようなモラルより、ワルどもはあざやかなのである。或る種の鋭敏な神経を持った女たちが、ワルの匂いを嗅ぎつけ、闇の中のかすかな光を探しあて、女たちは蜜をもらすのである。

ワルの提言をしているのではない。さりとて善人を肯定しているのでもない。大人の男の軟弱を嫌悪しているのだ。そんな考えはもう古い？　古くて結構。ここ二十年（いやもっとか）、新しいものでまともなものがひとつでもあったのか。新しいものはすべてクズだったではないか。

なぜ軟弱なのか？

それは連《つ》るむからである。一人で歩かないからである。〝孤〟となりえないからである。連るむとはなにか？　時間があれば携帯電話を見ることである。マスコミが、こうだと言えば、そうなのかと信じることである。全体が流れだすほうに身をまかせることである。その行動はどうして起こるのか？

孤を知らないからである。なぜ知らないのか？　孤を知るのを怖がるからである。

おじけづく者はぬるま湯に身をかがめていればいい。そうしていても死ぬことはできるのだから……。

孤を知るにはどうすればいいか。

さまようことである。

旅をすることである。

そこで何を見るか。そんなことは考える必要はない。旅に出れば否応なしにむこうからやってくる。旅のなかの空腹でさえ、一人の偉大な芸術家の創作が何たるかを理解させたとあるのだから。まずは今座っている椅子、立っている場所を出ることである。

旅をしていると、初めて訪ねた土地であるにもかかわらず、風景が妙に懐かしく感じられるときがある。

déjà-vu《デジャ ビュ》（既視感）ではない。奇妙な胸騒ぎがして、街を歩きだすと、その角を曲がると、その路地に入りこむと、自分をここにむかわせた決定的なものと出逢うような予感がする。おそるおそる角を曲がり、おずおずと路地に踏みこんでいく……。

これまでの旅で似たような体験を何度かしたことがある。そこで決定的なものに出逢えたか？　残念ながら決定的な遭遇はまだない。しかしそれを感じた街で、私は昼となく夜となく街を徘徊した。早朝の市場を、夕暮れの貧民窟を、夜の娼婦街を……。

何を探して私はさまよっているのか？

場末の酒場の隅で一人酔い潰れて、薄汚れた窓に映る男と女、自分の顔を見たりした。何を探しているのかさえわからず幻聴を聞き、幻覚を見て、時間ぎれになり、その土地を去った。街を去る日、私は高台に行き、そこを眺望した。

或る朝、私は街を見おろしていて、この街ならこのまま住んでもいいのかもしれない、と思った。過去、現在にあるすべてのものを捨てて、この土地にこのまま住んで、そして

パリの線路。

ここで死んでしまうのだ……。

どうしてそんな感情が湧いたのか、理由はわからない。

旅の途上で、ふとした折に、その感情を思い出すときがある。

危険？　そうではない。むしろその感情には快楽の匂いのようなものを感じるのだ。これまでの生ではふれることも味わうこともできなかった至福に似たものがあるのではと思う。

住む場所を探しているのではなく、生きる場所を探しているのだろう。生きる場所とは死ぬ場所のことではないのか。


——どの街で死ぬか。

そんな旅があってもいいではないか。

旅の準備が整い、チケットを受け取ったとき、私はそのチケットをまじまじと見つめる。たしかに行き先は記してある。だが、このチケットは本当はどこへ行くチケットなのか、と自問する。

そんな旅での日々を綴《つづ》りながら、大人の男の旅がいかなるものかを見つめていきたい。

予期せぬことでしか、旅の出逢いはない――パリ

作家が自死する前に執筆した作品の冒頭の一文を紹介する。

もしきみが幸運にも
青年時代にパリに住んだとすれば
きみが残りの人生をどこで過そうとも
パリはきみについてまわる
なぜならパリは
移動祝祭日だからだ
――或る友へ
アーネスト・ヘミングウェイ
『移動祝祭日』
(福田陸太郎訳・岩波書店)

この言葉にひと欠けらでも真実があるとしたら、大人の男がパリに旅発つ価値はある。なぜ人は旅に出るのか。

その理由を旅人に問えば、十人の旅人から十の異なる理由が返ってこよう。

さほど旅とは個人的なものなのだ。旅で出逢い、旅で感じたことを誰かに語ろうとしても、そのときの情緒、感情は真には伝わりにくいものだ。旅はあなたの生の根底に潜んでいたものを引きだし、そこに立たせるからだ。

その場所に一人でむかい、一人で立つことだ。誰かと手を取り合って出かけるような旅に大人の男はむかってはいけない。あらかじめ帰る場所を定めた旅もよしたほうがいい。なぜなら帰る場所を探してさまようのが旅であるかもしれないからだ。

帰る場所とは、すなわち、死ぬ場所であるかもしれない。そして、その場所、時間はすべて予期せぬもののなかにある。

春、パリ、サン・ラザール駅。駅に立つ。それだけで旅人の胸は昂揚するものだ。ましてやその駅が始発駅ならば余計である。パリにはいくつかの始発駅がある。

サン・ラザール駅もそのひとつだ。この駅は四十年前、私が初めてパリを訪れ、最初に一人で旅した出発の駅である。画家、クロード・モネが生涯でもっとも多く旅発った駅であり、セザンヌが、ルノワールがこの駅から旅発った。そしてゴッホの最後の旅のプラットホームがここであった。

四十年前の、明日のことさえわからなかった若者は、この駅が大人の男たちの旅の駅などとは知らなかったし、ただ何かを探して旅をしようと、この駅に立ったのだった。

ひさしぶりにサン・ラザール駅を訪れ、周辺をそぞろ歩いた。朝から降り続いていた春雨が夕暮れには止んでいた。駅舎は昔のままだが構内はあきらかにかわっている。しかし雨に濡れて光る線路はかわっていない。この線路の光沢を見ていると、私には港の桟橋から見る海面の、あの光沢がよみがえる。そうして桟橋につながれた船影を思い浮かべる。たとえいく本の線路があろうと、旅人を乗せて目的地にむかう線路はただひとつしかない。それは桟橋に何艘の船がいようと、旅人を乗せて海へ漕ぎだす船がただ一艘なのと同じだ。

四十年前の春、私はいくつかのパリの始発駅のなかから、この駅を選んで北にむかう列車に乗りこんだ。何か特別な予定が、目的があったわけではない。ただこの駅から出た列車が北の海辺で終着駅に着くと教えられたからだ。それだけの理由で、私は旅発った。

このときより十年前、私は日本を旅発ってアメリカ大陸に渡ろうと決断し、両親を説得し、渡航手続きをし、船会社への連絡を取ったことがあった。しかし十七歳の若者の夢は周囲の反対に遭い、挫折した。

苦い思い出だった。だから大陸に足を踏み入れたら、そこから何がはじまっても受け入れようと考えていた。

サン・ラザール駅から出発した旅は、私にいくつかのことを教えてくれた。なかでもとりわけ胸に刻まれたことは、〝旅を続けるのだ。旅のなかでしか何かを探しあてられない者もいるのだ〟という暗示だった。私はそれを辿り着いた海辺の町で確信した。その確信にいたる話は、後に書くドーヴィルへの旅で詳しく話すので、今は置いておく。

再びパリに戻り、私は自分の人生のなかでの運命的な遭遇をした。

今回の旅で、私はその運命とも思える遭遇をよみがえらせようとパリの街を徘徊した。酒場で一人飲んでいると、わずかな金しか持たずにパリの路地を歩き回っていた自分の姿が浮かぶ。野望と、羨望、そして失望のくり返しであった。名もない、力もない若者が目だけを異様にぎらつかせてさまよっていた。だがそれでよかったのではなかろうか。そうする以外何が若者にできたのか。〝旅をせよ〟という確信を得ただけで充分であった気がする。それさえも得ることなく、井の中の蛙《かわず》で終る生もあるのだから。それが悪いと言っているのではない。人には〝性質《たち》〟というものがある。性質という表現が合っていなければ、〝血〟と言ってもいい。

〝血〟、すなわち、そうせざるをえない人間が世の中にはいるのだ。そうでなければアフリカの地で人類となった私たちの祖先が、どうしてアフリカ大陸からヨーロッパ大陸へ、そしてユーラシア大陸からアメリカ大陸へむかえたのか。

遠い昔の旅人にはあらかじめ目的地などありはしなかったはずだ。途方もなく長い旅は明日の予測さえつかなかったろう。予期せぬことのくり返しが遥かなる旅を実現させたのである。

そのことはパリでのヘミングウェイも同様だった。明日のことさえわからなかったはずだ。なのにこの男は己の欲望が満たされると思われる場所に、時間にむかって、この街を徘徊し続けた。

私たちの生を想定してはならない。ましてや大人の男の生を金に置き換えるなどは論外である。金を否定しているのではない。1924年のヘミングウェイは金欲しさに平気で売文しているし、同年、画家、ミロは名画『農園』の買い手を探してカフェーをさまよっていたのだ。後に二人は運命の遭遇をする。

想定する生には限界がある。所詮、人が頭で考えるものには限界がある。想定を超えるものは、予期せぬことに出逢うことからしか生まれない。

四十年前、私が旅することを示唆されたのも、予期せぬ場所と時間のなかであった。予期せぬものには期待と同様に、当然、不安とおそれもある。ただ不安とおそれをともなわない生などこの世に存在はしない。

予期せぬことでしか、旅の出逢いはないのである。

ボーダーをさまよえ――エジンバラ

或る先輩作家は言った。

「国境は動いている。今、この瞬間も」

その作家の半生は、旅を続ける時間の連続だった。アラスカへ、ベトナムへ、アマゾンへ……、紛争の地もあれば未開の地もあった。人が知りえぬことを伝えることは旅人の語りの真骨頂であった。

国境が動いているのは今もかわらない。

なぜなら人類は常に流動する生きものであるからだ。

世界史は民の流動を記録したものでもある。国家はそこにあり続けるのではなく、そこに停泊しているに過ぎない。大小の差こそあれ、国家は一隻の船のようなものかもしれない。

国の数だけ船はあるのだろう。巨船もあれば小舟もある。船団を組むものもあれば孤《こ》舟《しゅう》もある。

不沈の船がないように国家も不滅であろうはずがない。

歴史のなかでどこかに消え去った民が、国がある。彼等は忽然と歴史の舞台から姿を消した。それは彼等を乗せていた船が沈んだからか。

旅をすることは、国家という船に乗りこみ、その甲板に立つ行為でもある。

甲板に立っていれば、舳先《へさき》のむく方向も見えるし、船の未来をうかがい知るときもある。

しかし旅人の目に映るものはいつも幻でしかない。それは旅人がかかえた運命でもある。


スコットランドを訪ねた。

理由は？　そんなものはありはしない。

強いて理由を見つけるならば、美味い酒が飲みたかった。それも飛びっきり上等のシングルモルトウィスキーをやりたかった。

スコットランドにどうしてあれほどの数の酒造工場が点在しているのかを、ご存じか。

それは、かつてウィスキーにとんでもない重税が課せられた時代に、酒好きの男たちが山のなかや海辺の小屋で酒の密造をしたからだ。かつては村の数ほど酒の種類があった。今でこそ名品などと呼んで珍重されているが元を辿ればひと癖もふた癖もあった連中があの味をこしらえたのだ。だから美味なのである。

なぜ酒が必要だったのか。食生活が豊かで裕福だったから？　とんでもない。貧しかったからである。本当に酒が必要な連中は正気ではやっていられない男たちだ。今も世の中に酒がなければ毎日何人の男が自死しているだろうか。千人や二千人ではあるまい。それほどこの国土は貧しい土地だった。

国境に人が集まり、対岸なり、鉄条網なり、境界のむこうを覗こうとするのは、人の欲望がそうさせるからだ。欲望より本能に近いのかもしれない。

国境はこれを境に両者を眺めれば希望と絶望に満ちあふれている。そこには人間の本質がうごめいている。

旅をするのなら一度は国境の周辺をさまよえ。

ボーダーと呼ばれる一帯がかつてのイングランドとスコットランドの境界に残っている。名まえのとおり境界地区である。

かつてこの土地では殺戮がくり返された。だからこの国境は、累々たる屍《しかばね》を見るのに辟易《へきえき》とした権力者が引いたものである。

スコットランド人は誇り高き人々である。その誇りがボーダーをこしらえたと言っていい。スコットランド人がどこから来た民か正確にはわからないが、ケルトとも、サクソンとも、バイキングの血が流れているとも言われている。ケルトの血が流れているのなら、ジュリアス・シーザーが『ガリア戦記』に記したケルト人とは、スコットランド人の描写でもある。〝彼等は死をおそれぬ民である。これがガリアの戦いの最大の敵である〟。ケルトの民が死をおそれなかったのは彼等が信じる神が輪廻を唱えていたからだ。

　それでも大ローマ帝国の力に彼等は北へ押しやられ海を渡って今のイングランドの地に流れる。ローマは容赦なく追撃し、最後はカレドニアの地に追いやる。そこから先は無法地帯であった。ローマはここに国を横断する壁、HADRIAN'S WALL（ハドリアヌスの長城）を建設する。壁の先は蛮族の土地と定めた。

　それが現在も残るボーダーの土地である。

　この境界こそがスコットランドの人たちの誇りである。大ローマ帝国も屈した土地こそが、今の彼等の故郷なのである。

　スコットランド人はイングランドにむかって決して従順な姿勢はとらない。ローマに対して徹した者がちいさな隣国に対して屈するはずはない。

　この後に紹介する、スペインのバルセロナを中心に生きるカタルーニャの民に似ていなくもない。しかしカタルーニャとスコットランドが根本的に違うのは、カタルーニャには肥沃な大地があり、スコットランドの大半は不毛の地であることだ。いい例がある。近代になり、羊毛が金を生むとわかったとき、スコットランドの地主はあふれる数の小作人を前にこううそぶいた。『小作人一人より羊一頭の方が金になる』。そうして地主たちは貧しい農夫を追いだした。

彼等の大半は国を捨てざるをえなかった。およそ四百年の間に彼等は地球のいたるところに移り住んだ。ハイランド人はカナダへ、自由教会の支持者はニュージーランドへ、東インド会社に行った者もいればリビングストンのようにアフリカに行った者もいる。スコットランド以外の地でスコットランドの家系と主張する人々は現在、地球上で九千万人に達しているという。もっとも多いのはアンドリュー・カーネギーやグラハム・ベルに代表されるアメリカ合衆国に渡った人である。

どこに行っても彼等はスコットランドを捨てようとしない。

ボーダーを歩くと、古い朽ちた城があり、そこがイングランドとの攻防戦の中心であると記してあった。四方をぐるりと見回しても人影はなく、ただ風が吹いているだけだった。

夥《おびただ》しい血が流れたであろう草原も城壁も沈黙している。

国家の名誉のために、はかり知れない数の命が捧げられ、今日もなおその精神は生きている。

スコットランドとは何とも奇妙な船である。ともに酔えば国家も名誉も失せてしまうのだが、酔い潰れても、その掌のなかに誇りだけは握りしめられている。それが多くの日本人との決定的な差異である。どちらがいいのかはわからないが、国の航海の姿は少しばかりこの土地のほうがいいかもしれない。

境界線をさまようとさまざまなものが見えてくる。

それが幻想の境界とわかっていても……。

歴史はくり返される――パリ

「それくらいのことがわからないのか。わからないでは済まないだろう」

こんな言葉を先輩なり、師、家族から言われたことはないだろうか。

この言葉に近いことを言われた経験がある人はしあわせである。たしかに言われたときは己の無知、無能ぶりを見抜かれ、恥ずかしい思いをするのだけれど、そう言われたことで人はあらたに学ぼうとする。

大人の男にとって、

――わからないでは済まない。

ことが多くあるのは事実だ。

大人の男が少なくとも三十歳を過ぎたなら、自分を取り巻く世界に対して確固たる見解をを持っておくべきである。

イデオロギー、歴史観、宗教観、政治、経済、哲学、芸術……。あらゆる分野において自分なりの考えを持っておくのが大人というものである。その見解、考えが間違っていてもいいようが、それは別の問題である。

キリスト教世界とイスラム教世界の対立には根本的に教義、教典の相容《あいい》れない点があるのか。歴史上でふたつの世界が共存した時期はあるのか。

アメリカが力を失うことはあるのか。あるとしたらどんな状況で、いつのことなのか。

貧富の差が拡大し続けたとき、不満、不平はテロリズムのさらなる台頭を生むのか。

次の大きな戦争はどこで起こり、どんなかたちの戦争になるのか。

ひとつのイデオロギー、思想によって今ある世界が大きな変容をむかえることはあるのか。

一人の人物によって世界がコペルニクス的転回をすることがあるのか。

……このような問題について、自分の見解、考えを持っておくべきなのだ。

これらの問題は私たちの生活に今すぐ直接影響を及ぼすことではないかもしれないが、そうだからと言って、何も知らぬ、わからないで、済むことではないのだ。

「それくらいのことがわからないのか。わからないでは済まないだろう」

ということなのだ。

これから先、一人の人間の登場によって世界がかわることはあるのか。

この問題に関して、少し話そう。

歴史上で一人の人間があきらかに世界に変化をもたらした時代を考えてみよう。アレキサンダー大王、ジュリアス・シーザー、チンギス・ハーン……、これらの人物は英雄と呼ばれ、あきらかに彼等の出現によって世界は変容した。

勿論、彼等が生きた時代状況が今とはまったく違っている。しかし根本はかわっていない。彼等は英雄と呼ばれるが、見方をかえれば征服者であり、侵略者である。歴史は勝者によって語られ、作られてきた。

英雄は勝者の立場にある者の見方だ。

大衆は英雄を好む。同時に英雄を待ち望む。

パリの街を歩いていると、ここには一人の英雄の残像が今も消えずにある。

ナポレオン・ボナパルトである。

パリ市の中心にある凱旋門はこの英雄の凱旋をむかえるために建てられた（ナポレオン自らの命により建設がはじまったものの、完成したときには死から十五年経っていた。英雄が凱旋門をくぐったのは、遺骸がフランスに返還されたときであった）。

この凱旋門からシャンゼリゼ通りを下りていくとコンコルド広場があり、その中心に立つのが「クレオパトラの針」と呼ばれるオベリスクである。エジプトに遠征し征服しようとしたナポレオンが失脚した後、ルイ・フィリップ王にエジプト総督のムハンマド・アリが贈呈したもので、英雄ナポレオンにまさる権力を示すための証しだった。

そのコンコルドからさらに東にむかうと、あのルーヴル美術館がある。ルーヴル美術館の基礎は、ナポレオンが連戦連勝の時代に敗戦国から巻きあげた戦利品に多くの美術品があり、それら無数の美術品をルーヴル宮殿に置いたことで作られた。

勝利の証しの美術品を展示し、パリの人たちに披露するのは、大切なセレモニーのひとつだったのだ。

このルーヴルからセーヌ川を渡っていくとドームが黄金色にかがやく建物がある。アンバリッドである。かつてヨーロッパのほとんどを制圧したフランス陸軍の博物館である。この建物の地下に大きな棺《ひつぎ》があり、そこにナポレオンは眠っている。ただし、英雄の遺骸がこの棺に入れられたのはナポレオンの死後十九年経ってのことだ。

英雄は大西洋の孤島、セント・ヘレナ島で亡くなった。敗れても敗れても復活したナポレオンを二度とヨーロッパの地に帰させまいと、ヨーロッパの連合国は英雄を遠い島への流刑に処した。

今から二十数年前、私はこのナポレオンの生涯を辿って、ヨーロッパ中を旅したことがあった。

生誕の地であるコルシカ島から、イタリア、スペイン、ベルギー、ドイツ、エルバ島、……最後の戦場となったワーテルローまで一年余りかけてめぐってみた。

ナポレオンという男はセント・ヘレナ島に流されるまで常に戦場に身を置いていた。ともかく戦争が好きな男だった。軍人だから当たり前なのかもしれないが、感心するくらい戦争に関わり、戦場で人生の大半を過ごしている。

戦争のやり方としてはほとんどが奇襲である。相手の予測がことごとく覆させられたのはナポレオンの軍隊の移動の速さゆえだった。

ナポレオンの軍隊がここまでやってくるのには五日はかかるだろう、と読んでいた敵は、たった二日であらわれた軍隊にあわてふためく。一番いい例がイタリア遠征で、まさかアルプスを越えてやってくることはないと思っていた敵に対してナポレオンは雪の山脈を越えてしまう。

この戦術はヨーロッパの各地にひとつだけ素晴らしいものを残した。それは道である。厖大な数の大砲を運ぶためにナポレオンは道を整備させた。

同じことをしたのはローマ帝国である。〝すべての道はローマに通ず〟だ。

ナポレオンはローマの英雄、ジュリアス・シーザーを尊敬していた。『ガリア戦記』がナポレオンの愛読書であった。

戦争はいつも副産物として発見、発明を生む。勝利するために必要なものを人々は懸命に考え、創造する。まさに〝必要は発明の母〟である。

――英雄とは何か？

それは時代が求めていた新しい人間像である。

ヒトラーもかつて英雄と呼ばれた時期がある。貧困と不平等にドイツ社会の不満が爆発寸前にあったとき、ヒトラーは出現した。天才的な語り口調の演説は大衆の不安を掻《か》き消し、従順にさせた。

同じことがナポレオンにもある。

イタリア遠征の折、アルプスを越え、これから戦場にむかう兵士たちに、英雄は〝兵に告ぐ〟と題された演説をしている。

この英雄たちに共通しているのは、戦争の勝利によって得たものが戦争の敗北によってすべて失われ、悲劇的な最後をむかえていることだ。

それでもなお、大衆はこころのどこかで今も英雄を待ち望んでいる。大衆に英雄像の具体的なイメージは何ひとつない。しかし英雄らしき者が出現したとき、彼等の反応は素早く、津波のように英雄を祭りあげる。

パリ。アンバリッドの棺。英雄ナポレオンが眠る。

21世紀に一人の人物の登場で世界が変容することはあるのか。

あるのだ。それが私の答えだ。

大衆が待ち望んでいる限り、どんな時代であれ、英雄は登場し、世界をかえてしまう。

かつて私が旅した英雄の道は〝ナポレオン街道〟と称された。

英雄がエルバ島を脱出して〝百日天下〟のパリにむかって歩みはじめたとき、道の両側には、歓喜してナポレオンをむかえる大衆がいた。

英雄は大衆のあやうい精神状態のなかから創造され、大衆と国家を津波のように動かしてしまう。

〝歴史はくり返される〟。この言葉は今も生きている。私たちは特別な時代に生きているわけではない。

人間は、焦がれる生きものである——ル・マン

人間は何かに焦がれる。

その想い、感情は人間が持つさまざまな想いのなかで、一番崇高で、何より純粋で、原始的なものであろう。

人間のみならず、あらゆる生きものは何かに焦がれているからこそ、今日まで生きのびているのではなかろうか。

ダーウィンの『進化論』の根底には生きものが何ものかに抱く憧憬が語られているのではないか。

今、絶滅をむかえようとしている幾種かのオオカミたちが孤高に耐え何千キロもの疾走をくり返しながら生きのびているのは、彼等がどこかで崇高なるものを見つめているからではないか。

オオカミの生態を知れば知るほど彼等の生き方にこそ、旅の原形があるように思えてならない。一頭の老オオカミがテリトリーを越えて死をむかえた記録を読むと、私にはそれ

が単純に獲物を求めてそうしたとは思えない。ゆたかな生の経験を積み、英智に長《た》け、判断能力のすぐれたオオカミが迂闊《うかつ》な行動を取るはずがない。何かしかるべき理由があって彼はそこにむかったと私は考える。

私の好きな詩に『ケニアの雪の狭霧《さぎり》の下で』と題された抒情詩がある。作者はハルフォ*注・64ページード・マッキンダーという登山家である。マッキンダーは1899年にアフリカのケニア山（5199メートル）を初登頂した登山家である。

この登頂のとき、彼は標高4330メートルの地点で一頭の素晴らしく大きなバッファローの骨を発見した。この標高はすでに植生の限界線を越えており、周囲には苔すら生えていなかった。

――なぜこんな場所に、バッファローが……。

マッキンダーはバッファローの見事な大きさに感動するとともに、どうしてこんな食するものもない極寒の場所まで登ってきたのだろうか、と想いをめぐらし、後にこの王のごときバッファローへ捧げる一篇の詩を創作した。

象にも、このバッファローほどでないにしても同じ単独行動の話があることをかつてアフリカのマサイ族から聞いたことがある。

ル・マンのサーキット。

マッキンダーはバッファローの行動のなかに崇高なるものを見つけ、彼自身、登頂のときに襲ってくる恐怖や不安……、あらゆる困難に耐えることができるのは、そこに達したいという焦がれがあるからだと詩のなかで謳《うた》っている。

人は焦がれる生きものなのである。

旅とは、その焦がれ、憧憬が旅人の足を踏みださせているのではと思う。

単独行には、その焦がれをよけいに感じざるをえない。

そこに達したいという想いを誰にも止めることはできないし、その行動にともなう困難、辛苦もまた当人しか理解できないものであろう。

奇妙なもので、そういう人間に限って普段の表情は温和で、やさしく、ときに子供にも似た一面を見せる。


その若者に逢ったのは2002年の夏のパリだった。

美しい瞳をした若者だった。

時折、笑顔を見せると、少年のように映った。ふとはにかむと少女にも似た表情があった。そんな繊細なものが、若者の仕事であるロードレースの話題になると、瞳が燃え熱い視線にかわった。

彼はライダーであった。それも世界チャンピオンだった。前の年、彼はGP250で年間最多勝記録の11勝を挙げ、250ccクラスで断トツのチャンピオンだった。彼はそれを世界の舞台に参戦してわずか二年目でなし遂げていた。何よりも驚くのは、世界の並みいる強豪ライダーのなかで、彼が一番身体がちいさかったことだ。彼のレースぶりを見て、マスコミは天才と称した。

私は若者と言葉を交わす数日前、フランスのル・マンのピットを訪れ、初めてこの目で精巧で強靱な500ccのマシーンを見ていた。マシーンを見ていて、奇妙な印象を抱いた。それは華麗、優美という面と攻撃的な面を備えているにしては、どこかにヒューマンなもの、つまり生きているものが見せる情緒を感じたからだった。

そうしてその目をあの若者にむけた。ピット内に群がる頑強なスタッフのなかで、彼だけがひときわやわらかに映った。不思議な柔軟性だった。やがてマシーンが声を上げた。凶暴な表情だった。私は彼がそれに乗り、レースをすることが信じられなかった。

その日はテスト走行の日だった。

若者がマシーンに跨《また》がった瞬間、周辺の空気がかわった。マシーンは一瞬のうちにコースの彼方に消えた。コースを一周し、彼とマシーンが再び目の前にあらわれたとき、そのスピードに驚いた。若者の姿を確認するどころか、弾丸のごときものが通りすぎただけだった……。

その印象があまりにも強烈だったから、パリで語り合った折、彼の温和さと、妻と子供（長男）の話をするときの嬉しそうな表情に或る種の感動があった。

「身体がちいさいことはたしかにハンディなのですが、それをアドバンテージにできる方法はあるんです。僕は三歳からマシーンに乗っていますから、それがわかるんです」

その年から彼はクラスを上げ、ロードレースの最高峰である〝ＭｏｔｏＧＰクラス（前年までのＧＰ５００。名称が新しくなっていた）〟に参戦していた。このクラスを制する者がロードレース界を制する者だった。チャンピオンは一人である。ライダーの誰もが、それを手にすることを望み、そこを目指した。

彼もまたそれを目指し、走り続けてきた。聞けば夢を叶えるために何度か故郷を離れ、己の腕を磨いたという。そのときはイタリアの田舎町に妻と子供と暮らしていた。

「旅人ですね」

私が訊くと、彼は笑ってうなずいた。

チャンピオンになった折の祝賀パーティーにぜひ呼んでほしいと頼んで、若者と別れた。

その日から私は若者のレースを見るのが愉しみのひとつになった。すぐに好結果は出なかった。それだけ若者が目指す峰が高いということなのだろうと思った。でも私は彼を信じた。少年のようにはにかみながら表彰台に立つ姿を想像した。

今でもパリの街を歩いていると、ふと目にしたベンチに若者が笑いながら座っている姿がよみがえる。あれほどさわやかな微笑を私は見たことがなかった。

あの日以来、私は若者に逢っていない。どこかのレース場で疾走している姿が浮かぶ。

そう想像することで、私が無念と悔やんだ感情がやわらぐ。死は残された者の生のためにある、というが、そうであれば幸いだと思う。

人間は、焦がれる生きものである。

彼は焦がれていた。崇高なる精神がそこにはあざやかにあった。

美しい旅人であった。

人が何かに焦がれるのは、私たちの生が哀切であふれているからである。

注……ハルフォード・ジョン・マッキンダー（1861～1947）
イギリスの登山家、探検家であり、地理学者、政治家。1899年、アフリカ第二の高峰、ケニア山に初登頂。学者としては国際関係の力学を地理的に分析、現代地政学の開祖とも呼ばれる。

第二章

街、あるいは出逢いについて

書物は「物」でしかない——パリ

パリは眠らない。

パリに限らず〝大都〟と呼ばれる街には眠りはない。

ニューヨークも、上海《シャンハイ》も、東京も街がふくらみ続けている間は眠ることはない。途切れることなく鼓動を打ち続ける。

大人の男にとって大切なのはその鼓動を肌で感じることだ。鼓動に触れたければ街を徘徊することだ。

夕暮れどき、ホテルでもアパートでも、部屋を出て街をさまよってみればいい。

——どこに行けばいいのか？

そんなことを考える必要はない。

どこで、どうやって、誰に、なぜ……などという発想を捨てることだ。ただきまよっていさえすれば、街はむこうから君を抱きにやってくる。何も考えずとも遭遇は隣の席に平然とあらわれる。

よどみに溜まった濁水はそこに集まるべくして流れていったのである。人間が、生きものが寄り合ったり、屯《たむろ》したりするのは流れに身をまかせたからだ。たとえ一夜であれ、街をさまよえば、それは流浪なのである。

或る時期、私はギャンブルにどっぷりと嵌《は》まっていた。賭博という奇怪な化けものに取りつかれていた。昼も夜も時間に関係なしに賭博場にいた。今こうして筆を執《と》り、あの頃のことを思い出してみただけで、賭博に身を置いていた時間の、なんと魅惑的であったことか……。賭博には他人という者が介在しない。賭博という化けものと己があるだけである。他人が自分をどう見ようが、どう言おうがかまわない。そこには、他者の顔がないのだから、これほど贅沢な行為はない。自分を金なりチップに換えて数秒後の世界に賭けることをくり返せばいい。

ギャンブルの話は、今ここではいったん置こう。いずれたっぷりと話して聞かせよう。そのギャンブルに嵌まっていた時期、わたしは夕刻、街に出て、たっぷり遊んで賭博場を出るのは午前三時から四時だった。懐の金が切れればそれより早い時間に賭博場を出ることもあったが、いずれにしても深夜の街を興奮さめない身体でうろついた。異様な興奮を抑えるには、酒か、さもなくば女しかない。

パリから少し離れた賭博場から市内に戻るタクシーの車窓に、路上に立つ女たちの姿が映った。冬の夜など彼女たちの強靱さに感動した。凍《い》てつくパリの冬の夜、路上で客を探す、あの目は、サバンナの牝ライオン、シベリアの狼より精悍《せいかん》な風貌をしていた。たしかにあの女たちに抱擁されれば賭博場の興奮などいとも簡単に消えるのだろう。だが、彼女たちが無条件に私につくしてくれるほどの金はなかった。

その時刻、ホテルのバーも気のきいた酒場もとっくに閉まっていた。でも場末の酒場がどこかで灯を点けていた。タクシーを降りて酒場の灯りにむかって歩きだすと、視界のなかの風景が、これ以上の極上の絵はないように思えてくる。無表情のバーテンダーから酒を受け取り、一杯目は一気に飲み干し、二杯目はカウンターでもテーブルにでもついて、やる。

店には何人かの男がそれぞれの事情をかかえて夜の只中《ただなか》で何かを見ている。いや探しているのかもしれない。相手を見ることもなければ、当然言葉を交わすこともない。他人のことなどどうでもいいのだ。パリの夜があり、そこにいる。それでもう充分なのである。

店の酒に飽いたら歩きだせばいい。夜が明けてもパリにはさまよう男を受け入れてくれる場所はいくらでもある。ほんのひと昔前、パリには深夜、この〝大都〟に食料や雑貨を搬入したり、夜明けに入らなければならない事情をかかえたりしている男たちのために、早朝から営業する酒場と娼館が無数にあった。そのよき風習は今も残っている。

パリは男がさまようには格好の街なのである。さまよえ、流浪せよ。

――そこに何が見えるか？

答えを語ってどうするというのだ。作家風情《ふぜい》が語ったところで、高《たか》が知れている。その何かを見つけるために男はさまようのだ。


パリの6区、セーヌ通りに、その本屋はある。

二十数年前からパリを訪れるたびに、この古くてちいさな店で時間を過ごす。表通りの書店に山積みしてある流行の本などは一冊もない。美術、歴史書の古書店である。店員の顔もずっと同じだ。勤勉で口数の少ない男の店員は本を注文しておくと必ず連絡をくれる。一、二時間で引き揚げるときもあれば、近所で昼飯を食べ、茶を飲みながら半日この店を中心に過ごすときもある。

――本とは何か？

伝えたい事柄が記してある「物」。それ以外の何ものでもない。伝達手段として言葉はこの世に誕生した。手段とは別に、言葉が持つ民族性、時代性はここでは述べない。情緒、美といった類いのものも除く。

書を必要以上に、人の生に大切なものと考える人たちがいる。

それほどのものではない。

本はそこに置かれているときは「物」である。人が手に取り内容を読む。そのときも物でしかない。食物と書くように、書は書物でしかない。食物は摂らなければ人はやがて飢えて死ぬ。だが書物がなくても人は死なない。時折、書を読んでいなければ死んでしまうとうそぶく者がいるが、そういう輩に限って何が書かれてあるかまったく理解できていない。

食物には美味い、不味《まず》いがある。書物にも同じことが言える。食物はなかに毒を盛ればすぐに死ねるが、書物の毒は死ぬまでに時間がかかる。それ以上に毒を身につけて永生きする者もいる（むしろこちらのほうが多い）。

書物はこれを読み、そのうちに何があるかが肝心である。

書物を生涯一冊も読まず、かなりの生き方をした男、きちんと生きている男は山ほどいる。そういう男のほうが生半可に書物を読んだ男より信用がおける。

三十数年前、一人の修道女が日本を去る前にこう言った。

「あなたが何百冊、名著と呼ばれるものを読もうが、書いてあったものがあなたの頭のなかにあるだけでは、ただの知識でしかありません。それは何の意味もありません」

「シスター、どうすれば本を読んだことで意味を得られるのですか。教えてください」

「それは教わるものではなく、あなたが獲得するものです。あなたは水の飲み方を誰かに教わりましたか」

　水とは違うだろう。いや待てよ……。それから三十数年が過ぎ、私は文章を書くことを生業《なりわい》にし、書物がどの程度のものかわかりかけている。

　書物は物でしかない。だが物で終らないケースもある。技術者への伝達の書などはそうであろう。哀しみにくれる弱者に手を差しのべるものもあろう。しかしそんな書物は稀にしかない。書物をことさら読む必要はないし、たとえ読んだとしても一冊ないし、一篇、一行の文章を伴侶とすれば充分である。それを読み返せ。意味などわからなくてもいい。読み返して身体に入れておけばいい。そこに何かあるのなら勝手に何ものかが顔を出すだろう。

　書物は物でしかない。

　だから書き手はただの物で終らせてなるかと大胆にも妄想を抱いて挑んでいるのだ。そ

パリ。古本を眺める作家。

の成功は想像もつかぬほど微小の確率であるのだが……。

ではおまえは何のために半日、書物のなかにいるのか、と問われよう。

漁師は海の上にいる者、木樵《きこ》りは山のなかにいる者、色事師は女のなかにいる者であればいいのである。海にいれば魚の声が、山にいれば木の声が聞こえるやもしれない。

それだけの理由である。

旅に身を置くのも同じ理由かもしれない。旅人は耳をすましている。彼等が聞きたい声は決して声高ではないからだ。

旅は、ときによっては死の声を聞くこともある。

その血には、誇りがあるのか——バルセロナ

旅人にとって大切なことのひとつに五感を磨いておくことがある。足を踏み入れた土地を、目で、耳で、鼻で、舌で、肌で、知覚することだ。鍛えられた五感は護身用のナイフより、脱出の際に見張り番に渡す袖の下の金より、旅人を生きながらえさせる。鋭い知覚は武器と言ってもいい。

旅先で、旅人が思わぬ事故で死んでしまう原因は、ほとんどがこの五感の欠落による。旅人のなかには敢えて死と隣り合わせる場所にむかう者もあるが、それは旅とは呼ばない。兵士、革命家は旅にはおもむかない。

初めての土地に足を踏み入れたなら、まず目を見開き、耳を研ぎすまし、犬がするように鼻をひくつかせることだ。

——犬のように鼻をひくつかせる？

首をかしげる読者もあろうが、そうするべきなのだ。

ネイティブアメリカンの部族の一部には子供に血の匂いを嗅がせる風習がある。

血にはふたつの種類の匂いがあるという。ひとつは死を招く血の匂いである。もうひとつは母なる血の匂いである。部族の子供等はそれを嗅ぎわける嗅覚を持たねばならない。生きものは教えられなくとも血の匂いに身体を反応させる。血の匂いは、易い小説の言葉にあるような、危険な匂いだけではない。血は人を誘惑する、魅力的な香りを持っているのだ。

血を嗅ぎわける力を備えることでネイティブアメリカンの戦士は生きながらえる。嗅覚ひとつでさえ無限に近い察知能力を持っているのだ。

さて今回は声の話だ。

耳の話である。死の声を人が聞けるかを少し語ろう。

「バルセロナはスペインであるが、スペインではない」

カタラン（カタルーニャの人）――この土地の人々の、古くからの呼称（今もそう呼ばれるのだが）――は、そう言いきる。

日本で言うなら、ひとつの小都市の住人が「私たちは日本人ではない」と宣言しているようなものだ。

バルセロナはカタルーニャの中心をなしてきた都市である。紀元前千年頃よりケルト族が住み、ギリシャの時代はフェニキア人、カルタゴ人の血が入りこみ、ローマ帝国の下に生きながらえ、西ゴート王国の建設をにない、紀元十世紀にはカタルーニャという独立領土を持つにいたった。スペインが誕生する遥か昔から、カタルーニャの人々はひとつの国を築いていたのである。

その中心が港湾都市として栄えたバルセロナである。エジプトへ、ギリシャへ、ローマへむかうとき、逆にそれらの文明国家から大海に漕ぎだすとき、人々はバルセロナの灯りを頼りに航海した。そのことは大国からすればぜひとも配下におさめたい都市ということだった。

カタルーニャの歴史は大国、権力者との攻防の歴史だった。何度となく征服されても彼等はじっと耐え、そして独立への突破口を突き開いた。そこには当然、血を流さねばならない忌《いま》わしい時間があった。

バルセロナの旧市街を夕暮れ、海にむかってそぞろ歩くと舟を吊り上げるリフトに似た赤い鉄色のオブジェがあり、そのてっぺんに炎が点っているのを目にする。

松明《たいまつ》のように炎はゆらめいている。炎に照らしだされているのは擂鉢《すりばち》状になったちいさな広場である。

フォサル・デ・レス・モーレス広場。

老人も若者も、その広場の横を通りすぎるとき、必ず目礼をする。そうする者はまぎれもなくカタランである。

１７０１年から１７１４年まで、スペインはフランス、オーストリア、オランダなどの列強国を巻きこんで戦禍にまみれた。スペイン継承戦争である。結果、カタルーニャが支持したオーストリアは敗れ、ブルボン王朝のフェリペ五世のスペイン統治が訪れた。王は報復としてカタルーニャを弾圧し、このちいさな広場で主だったカタランを殺戮した。夥しい血が流れた。王の牙が自分たちだけに執拗にむけられた日をカタランたちはカタルーニャの復活とみなした。

毎年9月11日になると、この広場にカタランたちは集い、旗をかかげ、花をたむけ、歌を捧げる。

今夏、私はバルセロナを訪れ、またこの広場に立った。

広場の、銃殺があった壁にはこう刻まれてある。

〝ここには裏切り者は埋葬しない。たとえ旗を失っても、誇りを失うことはない〟

この文字を読むたびに私は思う。

――ここにはあきらかに血が教える黙示録がある。

私はカタルーニャの人たちの発想が好きだ。弾圧を受け、血を犠牲にしなくてはならなかった出来事を、自分たちの存在の復活とみなす。この発想には死者への敬愛と賞賛がある。死者の声を黙殺しない。なんと誇り高き人々か……。

日本人が失っているものが、この広場にはある。

広場の地の底から死者の声がする。その声は私の耳には届かない。だがじっと佇《たたず》んでいると奇妙なこころもちになる。

そうしてかすかな声が、私のうちから聞こえてくる。

「おまえは何ものだ？　ここに何をしに来た。どういう血がおまえの身体のなかには流れているのだ。その血には、〝誇り〟はあるのか」

自分という存在の、生きる根源としての誇りが、身体のどこを刻んでも流れてくるのか、と問われている気がする。

「父と兄は彼等に連れていかれた」

老人は静かにそう話しだした。

「そうして、父も兄も二度と帰ってくることはなかった」

老人の口調と表情には、嘆くことも、憤るものもなかった。

老人が語った出来事は、彼が十二歳のとき、八十年前のことだ。市民戦争の悲劇だ。着古した作業着で老人は一億本のワインが眠る貯蔵庫を、毎日、歩く。動壜《どうびん》と呼ばれるスパークリングワインの澱《おり》を動かす職人たちの作業をじっと見つめている。

「カタルーニャの文化と伝統を守るためなら、そして私たちに一番必要なものを守るためなら、私はすべて財を捧げてもいいと思っている」

世界有数の酒造業者の総帥である老人はそうつぶやいた。

商いが何のためにあるかが、この老人の生き方にはある。金よりも、富よりも、権力よりもまさるものはたしかに存在する。

帰ってこなかった者は、故郷に立つ者へ死者としての声を伝えているのだろう。

一杯のワインが極上の味をしているのは、血の魅惑が、人の一番大切なもの、すなわち〝誇り〟を味わっているからだろう。

奇跡を望むか――バルセロナ

バルセロナの旧市街にサンタ・マリア・デル・マル教会はある。

〝海のマリア〟、船乗りたちの〝海の守護神〟である。私はこの美しい教会を、この街の丘、モンジュイックの丘から眺めたことがあった。教会のことは知らなかった。

――まずはあの教会に行ってみよう。

そう思った。


旅の途上で、街に着いたなら、まず高所に足をむけることだ。

高みから街を眺めるのがいい。

ここからいく日、いく夜か、身を置く土地の地形を頭に入れておくべきだ。

街には必ず土地の者たちが寄り合う場所がある。人が集まる場所には建物が寄り合っている。なぜなら建物も生きているからだ。生きている証拠に、建物には精気のあるものとそうでないものがはっきりとあらわれている。古い建物が活気がないと言っているのではない。たとえ新しくとも廃屋になった建物はみるみる朽ちていく。

百年前も、五百年前も、千年前も、そこだけずっと繁栄している場所がある。

おそらく百年後も、五百年後も、千年後も栄え続けるだろう。

——栄える場所と滅びる場所を決定するものは何か？

それは場所の、土地の力である。

安堵と快楽を感じさせる力だ。

土地にそんな力があるのか。間違いなくある。

たとえばエジプトへ、エルサレムへ旅をしてみればわかる。

神殿がある小高い丘に立ってみる。そこで陽光を浴びるなり、風に吹かれるなりしてみればいい。他の場所では感じられなかったものが身体のなかに入ってくるはずだ。

ひとつの神殿の土の下を掘れば、別の時代の神殿跡が眠っていることが数多くある。その理由は古《いにしえ》の者がそこに立って感じえたものを、次の時代の者もまた同様に感じとるからだ。

——それは土地の地霊か？

私にはわからない。

——なら神の力か？

それも同様にわからない。わからないが、神を信じる土地に入ったら、神を否定しても仕方がない。

そこでこの項では神を語ろう。

「スペイン人は奇跡を信じる」

たしかにスペイン人ほど奇跡を信じ、探し求める民は、世界で他に類を見ない。

彼等が信じる奇跡は、神の与えてくれる奇跡である。彼等が信じる神はキリストであるが、決してキリストだけではない。

遥か北のピレネー山脈が大西洋にむかって落ちる場所には、サンティアゴ・デ・コンポステーラがあり、そこは聖人ヤコブの力を信じ、中世から今日まで巡礼者が途絶えたことがない。カステーリャのトレドではイスラムの神とユダヤの神とキリストがひとつの小都市に共存している。

スペイン人はそれぞれの神の前に跪《ひざまず》き、奇跡を求める。

——奇跡は起きるのか？

起きるのである。

少なくともスペインでは日常のごとく奇跡は起きてきた。盲人の目が見えはじめたり、不自由だった手足が動きだしたり、医者から死を宣告されていた病人が恢復《かいふく》したり……、奇跡はスペインのそこかしこで起きるのだ。

スペイン人を見ていると、神の存在を疑う気持ちなどさらさらない。

彼等が立っている大地があるように、神は当然のごとく存在しているのだ。

——あなたは神を信じるか？　信じるべき神がそばにいるか？

おそらく今の日本人の大半は信じるべき神を持っていないだろう。

神の存在すら信じない者も多いはずだ。

日本人は無神論者と言うより不信論者と言ったほうが合っているかもしれない。

私は信じるべき神を持たない。そうしている理由はいくつかある。

たとえば、私は何人かの近しい者を亡くした。

力のなかった近しい者は私に訊いた。

「私は助かりますよね」

「大丈夫だ。おまえは助かる。生還できる」

そう返答してから、私は胸のなかで断言した。

——私が必ず生きて帰らせてみせる。

私は自分がなしうるすべてのことを試みた。

多くの神にも祈った。トランプのゲームではないが、総取り替えと同様に己の命と力のない者の命を取り替えてもいい、と祈った。

神は何もしなかった。

近しい者は息絶え、肉体は朽ち、骨を砕き撒くだけが残された者のできることだった。

以来、私は神をそばに置くことはないし、信じることはない。

しかし神の存在は否定しない。

神を素直に信じる人を羨ましいと思うし、信仰は正常な人間の営みだとも思う。

宗教戦争がくり返されることも自然だと思うし、神の名の下に残虐な行為が行われても、さもあらんと思う。それが神と人間の契約なのだから……。

神を信じない者にはそれが理解できないし、彼等の行為をおそれおののく。

大人の男が二十歳を過ぎて、人間と神の契約がいかなるものかを理解できていないのなら、それは失格者である。

金儲けに、ファッションに、女どもの尻を追い回すことにうつつを抜かす暇があれば、宗教書の一冊でも、哲学書の一冊でも読めばいいのだ。

バルセロナの旧市街。〝海のマリア〟と呼ばれるサンタ・マリア・デル・マル教会を私は訪ねる。

バルセロナは二千年前から地中海の諸勢力による攻防の要《かなめ》となる港であった。コロンブスがそうしたように多くの冒険者たちがここから大海へ乗りだし、多くの船乗りが、この港を目指して帰路の航海をした。

昔、教会の鐘楼では火が焚《た》かれ、船乗りたちにとっては燈台の役割も果たしていた。十数年前までバルセロナの船乗りたちは自分たちの船の絵や模型をこの教会に奉納し、航海の無事を祈った。

大海原に出た者でしか、海で起こる無慈悲な行為はわからない。いったん海の怒りにふれれば、人の力など無力である。救ってくれるのは神の力だけだ。船乗りたちはそれを知っているから、屈強な手に玩具のような船形を持って教会に祈りにやってくるのだ。

神を信じるか、ではない。神を信じるからこそ、強靭な男たちが跪くのである。

私はバルセロナに行くたびに、この教会を訪ね、己がいかに弱者であるかを認識する。

この美しいカタルーニャ・ゴシックとローズ・ウインドから差しこむ海辺の陽光に抱かれながら、〝白いマリア〟を見つめ、しばし目を閉じる。

たしかにここに安堵は存在し、快楽はある。

バルセロナ。サンタ・マリア・デル教会。

奇跡を見たかったら、バルセロナから北にむかって一時間車を走らせれば、奇山、モンセラットがある。

そこに〝奇跡の黒いマリア〟はある。

春と秋にはスペイン中から奇跡を願って人々が押し寄せる。

山の上に立つだけで何かを感じとれる。

——あなたは奇跡を望むか？

私は望まない。私は自分自身のことを祈ったことなど一度もない。

一本の木を見る旅――ゲルニカ

どちらかを選ばなくてはならないとき、もしくはいくつかの選択肢のなかからひとつのものを選ばなくてはならないときが、私たちの生には必ず訪れる。

航海において順風満帆の日がわずかしかないように、人間という小舟には波風が襲う。古い中国の詩人は己の人生を顧みて、人生は岐《わか》れ路だらけで災難だらけだと詠んでいる。どんな人にも厄介はやってくる。

厄介から逃げるのもひとつの術《すべ》だが、生半可な逃亡は十中八九、背中から撃たれる。誰に撃たれ、何が起こったのかもわからずにくたばるのは大人の男としては忍びない。逃げるなら、大逃げを打つことだ。大逃げの難しいところは形振《なりふ》りかまわず逃走しなくてはならないことだ。

大逃走である。戦国時代なら越前から信長が、三方ヶ原から家康が、関ヶ原から島津が死に物ぐるいで逃走している。日本の歴史にも成功例はほとんどない。あとの逃亡はすべて悲劇に終っている。それほど相手に背中を見せる行為は負をかかえる。ここそこ逃げて背後から聞こえる嘲笑は聞こえぬふりをして身を隠す。それもひとつの方法だろう。生きながらえていれば逆転の機会もくる。ただその機会がこなければ生涯歯ぎしりをすることになる。それが一番厄介である。

妙な話からはじめたが、別に闘争や喧嘩の殺法を語ろうとしているのではない。大人の男の生には何かを選択し、決定しなくてはならないことが少なからずあることを言いたかった。

一人の生、私なり、諸君の生き方がどうなるかは個人的な問題で、たとえ選択を間違えて死にいたったとしても大事ではない。

選択肢を間違えると書いたが、何が正しくて何が間違っているかは誰にもわからない。死んでしまったから間違いだというだけで、結果論でしかない。

しかし、何かを選択しなくてはならない問題が、ひとつの国、ひとつの村、ひとつの部族の問題である場合、何を選択し、いかに決定するかは、多くの民の命と部族の存亡に関わる。

国家ないし、都市、村、部族において、英智に長け、時代の趨勢《すうせい》を見るのに秀でた指導者がいつもいるとは限らない。むしろそういう者は少ないのが世の中である。愚かな指導者の下に生きる民が悲劇的な生を送らねばならないことは歴史を見てもわかるし、現代においてもそのような国がいくつもある。

人々の集合する最小単位として、ひとつの村、ひとつの部族があらゆる問題をどう乗り越え、小舟の舳先をどうむけるか。それを考えるとき、一人の哲学者が、最良のやり方をしている村を指摘した。

〝ゲルニカの人々は世界中で一番しあわせな民である。ゲルニカには人々の生き方の理想がある〟


一本の木を見るために旅に出た。

——その木は世界で最長寿の木？　それとも一番高い木？　一番美しい花が咲く木？　どれも違っている。

どこにでもある何の変哲もない樫《かし》の木である。それでも見に出かける価値のある木だった。

目的地はスペイン・ビルバオから少し東に入ったゲルニカの町である。

ゲルニカを有名にしたのは、１９３７年４月26日の午後、突然、この町の上空にナチス・ドイツの空軍が飛来し、午後４時30分から７時45分まで無差別爆撃がくり返された出来事である。攻撃は避難する住民に対しても加えられた。爆撃機の射手は逃げまどう人々に機銃掃射を浴びせた。実は、この種の殺戮は、戦闘機、爆撃機が誕生してからそれまで、ほとんど行われることはなかった。

――なぜ、そこまで徹底的にナチス・ドイツはこの北スペインのちいさな町を破壊しようとしたのか。

ゲルニカは特別な町だったからである。

当時、ファシズムが台頭してきたヨーロッパにおいて、ゲルニカは反ファシズムの象徴の町になっていた。ドイツ、ヒトラーのナチス政権にとってもスペインのフランコ政権にとっても、中世以来の共和制のシンボルである北スペインのちいさな町を破壊することは大きな意味があった。

ルソーがなぜゲルニカを世界の理想と言ったのか。

ゲルニカには町の中心に一本の樫の木があり、五百年近くの間、この木の下に人々が集まり、あらゆる問題を合議し、決定してきた。イサベルとフェルナンドが結婚し、大航海時代のスペインが誕生する以前から、この共和制の原形を人々は存続させていた。

何か問題が起こると、人々は狼煙《のろし》を上げ、ホルンを鳴らし、点在する山々の里人をゲルニカに呼び集め、一本の樫の木の下で話し合い、彼等のむかうべき道を決定した。

スペインが最初の国家として統治されつつあったレコンキスタの時代も、ゲルニカに対して、遠征軍は話し合いを申し出て、合議の結果を待って、特権（フォラール）体制の存在を承認した。

なぜ征服しなかったか。それはゲルニカの民がバスク人であったからだ。バスク人はヨーロッパのなかでも大変に優秀な技術集団であり、同時に強力な戦闘集団であった。そして、もうひとつ大きな理由は、バスク人が他の領域を侵略しないという姿勢を守っていたことだ。

これはほとんど奇跡に近い存続である。合議によっていつも最良の選択ができるわけではないことを、私たちは民主主義国家の現在の姿を見て知っている。

それでも私が、この奇跡に近い人々の選択、決定を信じようとするのは、〝ゲルニカの木〟の存在ゆえである。

樹木は人間のようにあちこちを動き回らないで済むぶん、物事の本質を見失うことがないのではなかろうか。

——木が何かを語ったのか。

それはわからない。ただ人間の力だけに依存しない姿勢がゲルニカを存続させた気がしてならない。

それが宗教でもなく、金貨でもないことが奇跡なのだろう。

巨匠、ピカソが名画『ゲルニカ』を制作したことで、さらにゲルニカとバスクの民は世界から注目された。

一本の木を見る旅をぜひおすすめしたい。

土地は、その意志を人間に伝えるのか――ビルバオ

奇妙なことだが、旅をしていて訪ねた特定の土地、街でしかよみがえってこない記憶がある。

普段の生活のなかではあらわれることがない、忘れ去っていたと思うような記憶が、その土地に、その路地に立った途端に、あざやかに再生する。

人間の記憶というのは実に曖昧《あいまい》で、都合よくできている。たとえば殺人者が己の犯罪の現場、相手が死ぬ瞬間の表情、断末魔、血で濡れた自分の手、血の匂い……を生涯忘れられず、その記憶に日々噴《さいな》まれているはずだと思われようが、そうではない。日々夢にうなされていては、人間は生きていけない。ちゃんと自己防衛本能が働いて、思い出したくない記憶は身体のほうで記憶の箱を封印してくれるらしい。

ただその封印は同じ日常をくり返していれば解かれることはないが、些細なきっかけでいとも簡単に解かれてしまう。記憶とはきわめていい加減なものなのである。フロイトは夢の分析でも同じことを述べている。記憶はいつも準備してあり、その再生のきっかけは

きわめて繊細でもあり曖昧でもあると。だから俗に言う、犯した罪に人が噴まれて苦しみ続けるというのは本当ではないのだ。

話を戻そう。或る特定の場所を訪れるとそこでしかよみがえってこない記憶……そこで眠ったときにしか見ない夢のことだが、私には何度かその経験がある。

ヨーロッパ大陸を旅するとき、必ず中継点として滞在する土地がある。フランスならパリであり、スペインならバルセロナなどだが、そこで妙な再生は起きない。スペインだと北スペインのバスクでは、再生が起きる。それも、パラドールと呼ばれる日本でいう国民宿舎のような宿に滞在し、夜な夜なバルで酒を飲み、路地を徘徊し、そうして宿に戻ってベッドに倒れこんだ後で見てしまう夢がそうである。

自分では、旅の疲れもあって睡眠を数時間摂った後に見た夢だろうと思いこんでいたら、五分も経っていなかったりする。そんなときは、起きだしてベッドサイドに腰を下ろし、深いため息をついてしまう。

わざわざこのような説明をするのだから、その記憶、夢は愉しいものでは決してない。厄介このうえないものだ。

——人を殺すような目に遭わせたのか。

そうではないが、自分に関わるどうしようもないことを大人の男はひとつやふたつかか

スペイン、バスク地方。ゲルニカのバスク議事堂。

えこんでいるものだ。何年もの間、忘却できていたと思いこみ、いや忘却の意識さえ消えていた記憶がよみがえる。

——どうしてまたあんなものがあらわれたんだ？

その問いを同じ場所で二度したとき、私は、ひょっとしてこの土地に身を置いたからか、という疑念がわいた。

霊能者と話したり、霊を信じたりする者なら〝地霊〟と呼ぶのかもしれない。ではその〝地霊〟と私の記憶、生きてきた時間に何の関わりがあるのだ。

バスクはヨーロッパのなかでも、とりわけ美しい土地である。〝海バスク〟〝山バスク〟という呼び方があるように、海に面した村々も実に優美である。バスクという国は存在しない。バスク人が住んでいた領域で、北スペインとピレネー山脈のフランス側を含んだ一帯である。前項で紹介した〝ゲルニカの木〟があったゲルニカの村は〝山バスク〟の代表だろう。

今、話そうとしているのは、「その土地でしか、なしえないもの」が存在するか、という話だ。〝聖地〟と呼ばれる場所がある。そこでしか人間が啓示を感知できなかったり、神の存在を確認できなかったりする場所である。

エルサレムがそうである。同じ場所にヘブライズムの起源があり、現代の宗教紛争の焦点になっている。

考古学者は、古代人が神殿を建てた土地の下を発掘すると、それ以前の文明の神殿があらわれることが多々ある、と言う。

――「その土地でしか、なしえないもの」があるのか。さらに言えば、土地は精神、意志を含んだ生命を持っており意志を人間に伝えるのか。

その精神、意志の微々たる悪戯《いたずら》で愚かなものは夢にうなされてしまうのか。


昨夜の酒が残る頭でホテルの部屋のカーテンを開けると、金塊を大きな手で削りだしたようなチタニウム製のオブジェが目の前にあらわれた。

ビルバオ・グッゲンハイム美術館である。今回の旅は一本の木を見るための旅だったが、この美しい谷間の街に突如あらわれた建物を見て、私はこの建物の誕生と終焉を想像した。

誕生はビルバオ都市再生計画とグッゲンハイム財団（正式名、ソロモン・R・グッゲンハイム財団）の国際戦略が合致し、スペインの谷間の街に美術館をニューヨーク、ベニスに続いて誘致したからである。

ビルバオは、グッゲンハイム美術館だけではなく、近代美術館の改修、新空港建設、地下鉄敷設、港湾拡張、ネルビオン河川整備、自然公園造成、ゴルフ場造成、国際会議場の建設……とあらゆる都市改革に乗りだした。現在、世界の都市再生の一番の成功例と言われている。年間百万人の観光客がグッゲンハイム美術館を訪れる。彼等は厖大な金を街に落としていく。寂《さび》れていた街は大きく変貌したのである。

「世界各国で拠点作りに取り組むことで調和した世界的な美術館グループを創造する」これがグッゲンハイム財団の世界戦略だそうだ。何を言っているのだか。第二次世界大戦以降のアメリカ人がイデオロギーを言語にするとすべて侵略戦争に聞こえてしまう。

街は一変した。フランク・オーエン・ゲーリーの脱構築主義建築（訳《わけ》がわからないが）の代表と言われる、この鯨の上にシャチかイルカが乗ったようなものが人々に何を与え何を残すか想像もつかない。グッゲンハイム財団の理事たちはこの谷間の街とそこを流れる美しい川を見た瞬間、ここに美術館を建てるべきだ、と即決したそうだ。それがビルバオの奇跡を起こしたと市の関係者は口を揃えて言っている。果たしてそうだろうか。私は疑念を抱く。財団の力で美術館では毎年、素晴らしい展示が催されている。それは価値あることだ。しかし展示にも限界があろう。

かつて露天掘りの鉄鉱業で繁栄し、時代に取り残され衰退していた谷間の街が、見事に再生した。そうだろうか。将来も人々はここを訪れているだろうか。

人が特定の土地、場所に引き寄せられるのは、もっと根源的な何かがあるからではなかろうか。エルサレムとは言わないが、どうしようもない生の果てとひっそりと眠る屍の気配が谷間から失せてしまっている気がする。

夜になって美術館が照明で浮かびあがり、山の稜線のむこうに星がまたたきはじめた。何かがおぼろに揺らいだ気がしたが、それもたしかでなかった。

第三章

予感、あるいは耽溺について

享楽に浸れ、溺れよ――ドーヴィル

駅というものは不思議な場所である。

駅舎に足を踏み入れ、プラットホームに立っただけで、胸のどこかが揺らいでくるのがわかる。

港もそうだ。桟橋に立っただけで足元に寄せる波のように気持ちが昂《たかぶ》ってくる。

始発駅と呼ばれる駅がある。たいがいは、その国の都にある。

フランスで言うならパリがそうだ。

パリには始発駅がいくつかある。そのなかでも、私はサン・ラザール駅が好きだ。北へむかう駅だが、パリ北駅（ノール駅）よりは風情があるように思う。

クロード・モネの名画『サン・ラザール駅』を見たせいかもしれない。白煙を上げながら駅舎を出ようとする蒸気機関車を描いたその作品は、まさに近代をテーマにした絵画だった。

或る時期、この駅からモネが、マチスが、セザンヌ、ルノワール、ミロが彼等のテーマを求めて旅発った。さらに言えば、ゴッホが人生の最後の旅へ出たのもこの駅である。

1890年の5月20日のことだった。

四十年前、私が初めてパリを訪れ、最初にフランスを一人旅した出発の駅もここだった。その年の春、一ヶ月近いアフリカでの仕事を終え、私はパリに戻った。アフリカは少しばかり辛い仕事だった。すぐに日本に戻っても何があるわけでもなかった。初めて訪れたヨーロッパの地で何かを見たかったのかもしれない。

オペラ座の近くにあった安ホテルで一晩ぐっすりと休み、翌朝、ホテルの近くにあった旅行代理店に入り、地図を眺めていた。デスクに座っていた女性から、どこかに旅に？と訊かれた。

「パリから一番近い海はどこにある？」

私が訊くと彼女はペンを持った指を上に立てて、北よ、と笑った。

「始発駅の名前は？」

「サン・ラザール駅」

私はホテルに引き返し、荷物をまとめて駅にむかった。

終着駅までのチケットを買った。

駅の名前はドーヴィル・トルヴィルと記してあった。どんな街で、どんな海なのか何も知らなかった。

コンパートメントに乗りこむと、老夫婦がむかいのシートに座っているだけだった。挨拶だけを交わして、動きだした車窓に映る風景を見はじめた。

電車がパリ郊外を離れると、ほどなく田園地帯がひろがった。丘陵があらわれては消え、農耕地が連なる。日本にはおよそない風景だった。

途中、雨が降りだした。窓に伝う雨垂れが流れる風景をおぼろにしていった。

一時間半が過ぎると、建物の様子がかわった。コンクリートは失《う》せ、白壁と木の梁《はり》が剝きだしになった農家のような建物ばかりである。牛や羊がいた牧草地に、突然、雨の中に立つ馬の姿があらわれた。それも農耕馬ではなく、あきらかに競走馬だった。私は身を乗りだした。

降りしきる雨の中に美しいサラブレッドが立っていた。

——ひょっとして競馬場があるのか。

アフリカの仕事は辛いぶんだけ、少し金も入った。競馬で遊ぶくらいの金はあった。娼婦といく晩かいられる金だ。

やがて海の香りがしてきた。この潮の匂いは大きな海のものである。

終着駅に着いた。ホームに降りると、右手に船のマストが並んでいるのが目に入った。気分がやわらいだ。

ホテルにチェックインするとき、競馬場のことを訊くと、今は季節ではない、そのかわりに最高のカジノがある、と笑って言われた。

――そうか、南に行けばモナコがあるように、フランス人はギャンブルを好む人種なのか。それまで、カジノは南半球なら、タスマニア島（まだオーストラリア本土では解禁されていなかった）、フィジー、そしてマカオ、ラスベガスで遊んだが、のめりこむほどではなかった。

部屋に入ると、外は春の嵐だった。目の前の海はくるったように荒れていた。窓を開けることもできなかった。

部屋で一人酒を飲むのも情緒がない。カジノへはホテルから地下の通路でつながっていた。ここに来たら、カジノで遊べということか。

カジノのなかに入り、まずはバーで酒を飲みはじめた。マホガニーの木肌《きはだ》と濃い赤の色調が、これまで見たカジノとまったく趣きを違えていた。

海戦の天才、山本五十六《いそろく》が遊んだモナコのカジノもおそらくこうなのだろうと思った。

海の英雄はこう言ったそうだ。

「海軍の予算の半分を俺に預ければ十倍にしてやるのに」

英雄はポーカーを好んだ。バーテンダーにポーカーはどこだ、と訊くと、奥の部屋だと扉を指さして答えた。

奥の部屋に入ろうとすると、入り口で呼び止められ、パスポートを見せろと言う。気取りやがって、と思ったが、パスポートとこちらの顔を何度も見る。

——値踏みをしてやがる。

奥に入ると、まるで違う世界だった。

タキシードの紳士、淑女が、アラブ人が、チャイニーズがいる。あきらかに階層が違う。ポーカーは成立していなかった。ブラックジャックと、メインはルーレット。

一人の男と目が合った。ルーレットディーラーである。いい顔をしていた。私よりふた回り、いや三回り歳が上か。銀髪で端正な面立ち、何より目がいい。鋭いというより、深くて重い。凄みを隠しているような温和な笑顔を見せる。

ルーレットに関しては、会社勤めをクビになり、ふらついていたとき、闇でカジノをやろうとした男につき合って、三ヶ月近くかけて六本木のビルの一角にカジノを作ったことがあった。まだ今のように裏のカジノがない時代だ。ディーラーを香港から二人呼び、目の前で球を放らせて腕前を見た。一ヶ月近く開けたが、金の回収が上手くいかず、首謀者が突然海外に逃亡して終った。

ディーラーの指先、出す数字を何時間も見ていた。惚れ惚れする手つきだった。賭けられるチップも、これまで見たどのカジノより高額だった。場がふくらんでくると、一回の賭け金は、当時の金で一千万円を楽に越えた。アラブ人たちが場の中心にいた。ディーラーは三十分で交替するが、その男が登場すると場がふくらんだ。客たちもわかっているのだ。

私がルーレットの前に座ったのは五時間後だった。アラブ人たちが夕食に発った時刻だ。初めの十分で持ち金の半分が消えた。まだカードが普及していない時代だ。下手をすると帰りの電車賃も失せる。

――ままよ。

私は開き直って、数字を絞って賭けた。一度目は外れ、二度目も同じ、これが最後だと置いたチップに球は落ちた。

一時間もしないうちに持ち金の五倍の金になった。このまま日本に帰れば半年は遊んで暮らせる……。

ドーヴィルのカジノ＆ホテル。

夕食も摂らずに夜明けの三時まで、休んでは賭け続けた。

「ラスト三回だ」

そう言われて、私は目覚めたようによろよろと立ちあがった。

自分が今の今まで何をしたのかわからぬ状態だった。ただずっしりとしたチップの重さがポケットのなかにあった。

権力の、名声の、性の……、いまだ知らない快楽より、たしかに私の身体のなかに快楽があふれていた。


この夜、それから私が十年余り、浸り、溺れたギャンブルとの時間がはじまった。享楽の時間は、そのディーラーの死の報せを聞くまで延々と続いた。

私はこの街を訪ねて男の墓の前に立つたびに、こうつぶやく。

「あんなに素晴らしい快楽はなかったぜ」

無駄な消費の愉楽——ドーヴィル

ギャンブルには、これをする人と、しない人の二種類の人間がいるだけである。ギャンブルをするからと言って、それがギャンブルをしない人より何かましなものを得ているかと見ると、少しもましなものはないし、第一ギャンブルで得るものなど何もありはしない。

人生を死にいたるまでの絶え間のない消費と考えるなら、ギャンブルをする人はしない人と比較して、無駄な消費をし続けていることになる。肉体、精神、時間、仕事、金、人間関係……、あらゆるものを費やし、犠牲にして、ただギャンブルはくり返されるだけだ。

賢明な者はギャンブルなどしない。

人類がなし遂げてきた偉大な発見、創造はギャンブルとは無縁で生まれてきたし、ギャンブルの周辺には慈悲、寛容、共生……といった無償で提供されるものは、いっさいない。哲学が探求するところの理性、道徳はギャンブル場には欠けらもない。ギャンブルはただ、これをする人が存在し、場が成り立ち、そこで賭ける行為がくり返されるだけである。

競馬はロマンと口にする人、若者がいるが、それは胴元の詭弁に乗せられているだけで、競馬は賭けた馬券が的中し、勝てばそれが望むすべてである。あらゆるギャンブルは人間が欲するもの、望むものを得たいがために身を投じているだけである。

　つまり欲望だけが、そこにある。

　ギャンブルをしない人から見ると、

――なぜギャンブルをするのか？

という疑問が起こるだろう。ギャンブルをする理由を、こうだと明確に言える者はいないはずだ。

　ではなぜ？　たしかなことは人類が誕生してすぐにギャンブルははじまったという事実である。ギャンブルはまたたくうちに人心を、村を、町を、都市を侵した。誠実な人々はその狂瀾を憂い、嘆き、果てはこれを禁じ、悪とした。

以来、ギャンブルは人のする行動のなかで悪しき行為のひとつと呼ばれるようになった。愚行と言われながら、それでもギャンブルが途絶えたことは人類史上、一度たりともない。何やら戦争と似ていなくもない。

　欲望のままに、享楽にむかうのがギャンブルなのだが、哀しいかな享楽を得ることは至難の技である。

ギャンブルは人を誘惑する。巧みにおびきよせる。ギャンブルとの出逢いは冬の山中で雪女の姿を見てしまうようなところがある。

四十年前の、あの春の海辺で遭遇した光景が、私にとって雪女のうしろ姿だったのか。

アフリカで仕事をした後、初めてヨーロッパを旅することにした私は、ただ海の近くで過ごそうとパリ、サン・ラザール駅から北にむかう列車に乗った。

着いた海辺の街がヨーロッパの中でも有数の避暑地ということも知らなかった。チェックインしたホテルとカジノが地下道でつながっていた。

カジノでその男を見た。見事な手さばきだった。それ以上に風情がよかった。魅力のある目をしていた。

数時間、見《けん》をして、夜中に席につき、裸になる寸前で運気が巡ってきた。気がつけば朝方になり、手元に元手の十数倍、金が残った。

私はホテルの部屋に戻った。外は春の嵐でイギリス海峡が荒れくるっていた。すぐに眠れなかった。自分が興奮しているのがわかった。半年以上は楽に遊んで暮らせる金を得たせいかと思ったが、そうではなかった。興奮をさますには女か酒しかない。スコッチのボトルを一本注文して酔ったところで眠りこけたらしい。

夕刻まで眠った。アフリカの旅で疲れていたのだろう。ひさしぶりに夢を見ないで済んだ気がした。身体が妙に軽かった。憑《つ》いていたものが落ちた気分だった。

外はまだ嵐だったが、海岸の街に出て魚市場の前のレストランで夕食を摂った。ムール貝も舌鮃《したびらめ》も美味だった。一口毎《ごと》に活力が出た。

あの男が目に浮かんだ。

その夜もカジノに出かけた。元手を失わずに遊ぶレートの選択をした。夜明け方まで打って少しプラスで引きあげた。

三日目も出かけ、マイナス。途中、冷静さを失った自分を反省した。四日目、五日目……。予定を一日延ばし、最後の夜になった。少し早目に出かけた。まだ客は少なかった。

手持ち無沙汰にしていると、男が声をかけた。

「食事がまだなら、どうぞしてくれ」

最上階のレストランに案内され、ぽつぽつ増える客の遊ぶ姿を眺めながら酒を飲んだ。

――このままここで暮らしてもいいのではないか。

素人とは怖いものである。一瞬そう思った。元手はホテルの部屋に残しておいたから、思いきって打てた。男は私の賭ける様子を見ていた。愉楽の時間だった。

翌夏、パリに着くと電車に乗り、海辺の街にむかった。

夏競馬の最中で、競馬場に出かけた。

競馬場にむかう道を歩いていると、並木道を犬を連れた男と女が近づいてきた。相手の顔がわかる距離まできたとき、男が立ち止まって私を見た。私も見返した。

カジノの男だった。互いに笑った。男は妻を私に紹介した。三人でお茶を飲み、私は日本の話を二人にした。

「今夜、逢えるか」

「勿論だ。それで来たんだ」

四日の予定が六日になった。ほとんどをカジノで過ごし、明け方、海辺を歩き、部屋に戻って酒を飲み、倒れるように眠った。ギャンブルのこと以外何も考える必要がなかった。

時折、海辺にサラブレッドが調教にあらわれた。美しい風景だった。その年は見事に負けた。


それから十年、ほぼ毎年、一年の稼ぎのすべての金を握って出かけた。借金だらけの生活のなかでよく金を集められたと思う。一年の間のその数日間しか生の実感がなかった。

勝率は二割くらいだろう。ギャンブルで得た金は所詮あぶく銭だから、女と酒で消えた。

一時、カジノへの旅から遠ざかったのは、私の生活の変化もあったが、一番の理由は男の死だった。最後の年、男の不在を知り、マネージャーに訊くと、去年の冬に死んだと言われた。

墓参をし、海辺の街と別離した。

他人の死であるが、特別な他人だ。

その日以降、まともに戦ったギャンブルは数えるほどしかない。

しかしあの愉楽の十年よりも素晴らしい快楽に出逢っていない。

海辺の風景がギャンブルの追憶にならぬよう今もつとめているのだが、まだ相手はあらわれない。

大人の男の安堵——パリ

旅に出て、その街を知りたければ酒場か娼家に行くことである。懐具合が気になれば酒場がよかろう。それもなるたけ場末の酒場がいい。

場末の酒場には陽気な酔っ払いと陰気な酔っ払いがいる。陽気な輩は人生に夢を持っており、陰気な輩は人生を厭世《えんせい》的に生きているか否定的に生きている。

前者が善くて、後者が悪いという話ではない。どちらも人生なのである。酒場に行けば、その街の男たちの欲望のかたちが見える。

旅人は決して酒場を侮《あなど》ってはならない。

かつて私は地中海に浮かぶコルシカ島の、と或る酒場で男同士が殺し合う寸前のシーンにでくわした。そこにいたる理由はわからないが、一撃で相手を倒せる棍棒と牛刀を手にした男が目を血走らせてむき合っていた。棍棒を持った男の足元に血だらけの男が横たわっていた。酒場というものはそういう危険を常に孕《はら》んでいる場所なのである。

同じように娼家もそうである。

スペイン、マドリードの娼家の裏手に何百年にわたって客たちを葬った骨の山があったことは有名な話である。

私が娼家に通っていた時代の娼婦たちはもういない。

それはスペイン風邪より現代社会に猛威を振るうウィルスのためである。今から二十五年前、アフリカ東海岸のモンバサのラム通りで立ち並ぶ美しいソマリアの娼婦たちに近づこうとしたとき、友がこう言った。

「よしたほうがいい。彼女たちは皆、立派なウィルスを持っている」

「それがどうした？」

そう言い返したもののウィルスの脅威には太刀打ちできなかった。

ヤワになったものだ、と自分を嘆いた。

娼婦は、その街が何たるかを知っている。街の欲望をすべて身体で引き受ける女たちである。欲望は街の真のかたちを、国の真の姿をあらわす鏡である。

そのアフリカの旅の帰り、友と二人でパリに寄った。友が言った。

「パリなら酒場でも娼家でも思うぞんぶん行けるだろう。でも俺はそれだけが土地を知る最上の方法とは思わないな」

「どういうことだ？」

私が訊くと、友は答えた。

「芝居小屋に興味はないか」

「『リド』のようなところか」

「それでもいいが、パリにはもっといい小屋もある」

「芝居は退屈で眠ってしまう」

「退屈なら眠ればいい。芝居や見世物は所詮そんなものだ」

友のその言葉が気に入って、芝居につき合うことにした。

二人して出かけると、当てにしていた芝居小屋の演目が気に入らないと言いだした。

「今夜はよすのか」

「……いや、シネマに行こう」

「映画か、私は映画に興味がない」

「珍しいな。まるっきりか」

「ああまるで興味がない。あんなもののどこが面白いんだ。見ていれば先のストーリーから展開まで皆見えてしまう。あんな幼稚なもん、何が面白いんだ」

「それはハリウッド映画の見過ぎだ。映画は本来、絵画と詩が合体したものだ」

——絵画と詩が合体？

そう言われて友とモンマルトルにあるちいさなシネマ館に行った。

開演まで館のなかのレストランに入り、酒を飲んだ。洒落《しゃれ》たバーのカウンターまであった。待ち時間にしこたま酒を飲んだ。館の男の声で、皆ぞろぞろと場内に入った。五十人も入ればあふれてしまう席数である。客がくゆらせる煙草の煙で場内は紗幕を張ったような光につつまれている。いい雰囲気だった。スクリーンに映像が映し出されたときには、私は旅の疲れもあって寝入ってしまっていた。

それが私のパリでのシネマの記憶である。それでも大切な友の案内で入った館で私が不覚にも夢路に入ったのは、その空間に安堵があったからだろう。

以来、ときどき、昼寝がわりにシネマ館に入るようになった。

小屋は、小劇場は大人の男に安堵を与える。それがシネマでなくともジャズでもいいし、シャンソンを聞かせる酒場でもいい。

或る日の午後、パリの常宿の近くを散策していたら、時折立ち寄るシネマ館——『バルザック館』に古いポスターが張りだしてあった。

若い男の古い顔写真に、ＶＩＧＯの文字があった。気性の激しい顔つきだった。

――この頃の若者からは見かけなくなった険しい表情だな。

気になってチケットを求め館に入ると、なかは客であふれていた。壁に寄りかかりモノクロームの古い画面を見た。船上で暮らす人たちが出ていた。船が往来しているのはどこの川だろうか。おそらくセーヌ川だろう。どうやら船はセーヌ川を遡《さかのぼ》ってパリを目指している。主役の船長がいい顔をしていた。図体の大きな老水夫が猫を可愛がるシーンがいい。老水夫の船室はガラクタだらけで、面白い玩具であふれていた。そのなかには日本、中国、ベトナムの小物が飾ってある。老水夫は全身に刺青を彫っていた。奇妙なシーンが続くフィルムだった。

館を出ることにした。最初から見たほうがよさそうだと思った。映画を見て、そんなふうに思うことはめったになかった。

翌日、バルザック館に再び入った。

映画のタイトルは、主人公たちが暮らす船の名前、『アタラント号』だった。

ポスターにあったＶＩＧＯは、この映画の監督、ジャン・ヴィゴ[*注・121ページ]の名前だった。ぎこちないカメラワークと構図に妙な哀愁があった。

ホテルに戻って物識りの老バーテンダーにこの映画のことを尋ねると、ジャン・ヴィゴは八十年近く前に若くして亡くなった映画監督で、私が見た『アタラント号』は彼が死んだ後で原版フィルムが見つかり復元されたものだった。

「ジャン・ヴィゴ賞という彼の名前をつけた映画の賞がある。その賞をもらったゴダールの映画もバルザック館で上映しているはずだ。あんたの見た映画に出ていた老水夫はミシエル・シモンだ。名優だぜ」

映画通らしいバーテンダーはそう言って笑った。

数年後、ヴィゴの作品は日本のテレビで紹介されたが、テレビの画面で見たものは、まったく違った作品に映った。

やはりシネマ館の空間のなかで見るのがあの映画にふさわしかったのだろう。

娼婦を太陽の下に引っ張りだすな、と先達《せんだつ》は言った。

この言葉、やはり名言なのかもしれない。

注……ジャン・ヴィゴ（1905～1934）
フランスの映画監督。ヌーヴェルヴァーグの作家たちを含め、多くの映画人に影響を与えた。四本しか監督作はなく、『アタラント号』（1934年）が、唯一の長編劇映画（残りは中編劇映画とニュース映画、ドキュメンタリー）。

旅は、続けるしかない――パリ

川のある土地が好きである。

世界で都と名のつく土地には見事な川が流れている。ニューヨーク、ロンドン、ローマ、マドリード、上海、東京、京都……、そしてパリにはセーヌ川が、この都の象徴のごとく蛇行して流れる。

ほんのひと昔前まで、パリは港町であった。人が川に橋を架ける技術を持たない時代、右岸、左岸にいくつもの港があった。その名残りは土地の名前として今もある。

古いフランス映画『アタラント号』のことを書いたが、映画のタイトルにもなっている船はセーヌの河口、ル・アーブル港からパリまでを往復する貨物船である。夭折した映画監督、ジャン・ヴィゴの幻の名画には1930年代の港町・パリとセーヌ河畔《かはん》の街々の様子がよく捉えてある。

画家、クロード・モネが連作で描いた河畔の並木道そっくりの風景がちらりと映しだされていた。

世界の名だたる都には見事な川が流れていると言ったが、それらの川には共通した風情がある。

風情の正体は哀切である。

哀切は都についてまわるものだ。

都に住む大半の人々は、都で生まれ育った人ではない。都に憧れ、夢を抱いて移り住んできた人たちだ。都に溶けこみ抱擁されて生きる人も稀にいるが、大半の人は疎外感をどこかに持っている。それは拭おうとしても拭いきれない肌の色に似ている。

都会は人を平然と飲みこみ、こともなげに放りだす。若いときは放りだされたことにさえ気づかない。ひとつの夢が破れても若さにはそれにかわる夢を見つけるエネルギーがあるし、時間がある。新しい水となって流れていけるからだ。

夢を手に入れることができるのは、ほんのひと握りの者だ。それが自分かもしれないと信じられるから、人は都会に、生の大河を泳ぐのである。

それでもいつか河岸に立ち、人は川を眺める日がくる。目の前を流れいく水に己の生の時間を見る。

その行為は何百年、数千年くり返された、人のなす日常である。

映画『アタラント号』のなかで、都に憧れる新妻は夫の船長に、
「水のなかで目を開いてじっと見つめていれば愛が見えてくるわ」
と告白する。

新妻に失踪された船長はセーヌに飛びこんで、妻の告白した愛を探そうとする。

象徴的なシーンだ。象徴的ではあるが、見ていて辛くなる。人間が真実らしい、らしきものを探そうとするとき、その姿は必ず何かにあらがっている。真実らしい、らしきものはその域を出ない。

さらに言えば真実を見た者、その手に摑《つか》んだ者を私は知らない。

真実、真理を幻とは言わないが、それを求める者は他の者が背負わなくて済む負をかかえる。だからそういうものを探すな、求めるなと言っているのではない。かつて私もそれに似た行動を取っていた時期もあるし、らしい、らしきものに指の先がふれたのではと思ったこともあった。ほとんどが誤解だったが……。

今もそうしてしまう可能性もある。

人はそれを欲するのだろう。

人の欲望の根の周辺には、目に見えない、手でふれることのできない何かを探し求めるものがあるのだろう。

どうしようもないことだ。

そう、どうしようもないのが生であるのだろう。

皆が口にはしたがらぬが、万人がわかっていることは、永遠というものはなく限られた生があるということだけである。

旅に出ることは、何かを探し求める行為にもっとも近いのかもしれない。

旅は、私たちの生と同様に、危うさをかかえているのに、わずかな美眺に出逢ったり、人のぬくもりにふれたりすると、安堵し、何かに抱擁されていると思いこんでしまう。

長く旅を続けていくと、さまざまなものを見ざるをえない。


私の友人の一人、勝負事に携わる男がインドに旅をした。

夜半、小舟に乗ってそぞろ川に遊んでいる折、船縁《ふなべり》に近づいてきた子供の死体を見た。

インドを旅している間中、その情景が離れなかった。

帰国して、彼は勝敗にこだわらなくなった。手強かった力量が失せ、敗れることに無頓着になった。

勝負師としての人生が終った。

「あれは何だったのだろうか」

酒場で時折、彼は独言する。

「俺にはその正体はわからんよ」

「子供の死体が近づいてきて去っていった。それだけのことでよかったのかもしれないのにな……」

「……」

私は返答しない。できない。

——見なくて済んだものを、おまえは見たのかもしれない。

そう胸のなかでつぶやくが、それは口にできないし、旅というものは、そういうものを目にしてしまう行為である。

どこかで安堵、安寧を求めてさまよっているのに、遭遇するもののほとんどがそれらのものとは対極にある。

この文章を書くために、いくつもの街を旅したが、私は何ものにも出逢っていない。ただうろつき、徘徊しているだけである。ここぞとおぼしき土地はおろか、風景、出来事にも出逢っていない。

運は弊《つい》えたか。

そうではなかろう。好運なぞ舞いこむ器量ではあるまい。

長く旅を続けるには術が必要である。

友人の勝負師と同様に、頓着を持たぬことだ。旅人の一人の些細な感情など都会という土地では取るに足らぬものだ。

そんな時は高台に行き、都会を見おろせばいい。

河岸に立って川を眺めればいい。

人の感情なぞに関わりなく、

――川はただ流れている。

それだけのことだ。


大人の男の旅というものはそういうものなのだろう。

今、この時間にも、どこかの土地をさまよっている者がいる。

何かを探し求めている者もいれば、たださまよっている者もいよう。

何かを見つけたり、手にした者が幸運であるのだ。

――何かを手に入れた者は何かを失う。

自明の理である。

旅を続けている限り、失うものはない。しかし失わないことが旅に求める安堵であるのなら、その旅は愚かな行為でしかない。

流れる水を見て思った。

ともかく旅を続けるしかない。

オーヴェル・シュル・オワーズに暮らした画家は多い。ゴッホもその一人。
この地に着いたのは1890年5月20日。そして、最期の地となった。
弟テオとともに眠る墓もここに。

ノルマンディ地方の街、ドーヴィルは
ヨーロッパ有数の避暑地であるとともに
競走馬の飼育地としても名高い。

パリ、夜のセーヌ川。世界中で、都は川と縁が深い。
パリ、ニューヨーク、ロンドン、ローマ、上海、京都、東京…。

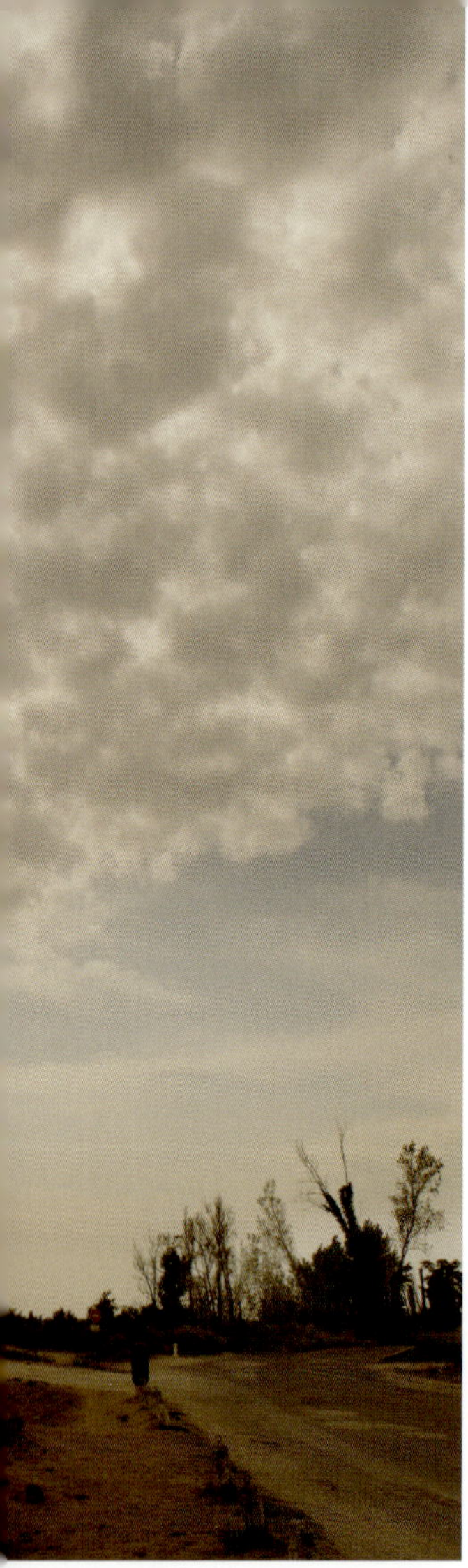

アルルを去ったゴッホは弟テオとパリで会った後、
オーヴェル・シュル・オワーズへ。
この教会も描いた。

ゴッホ最期の地、オーヴェル・シュル・オワーズ。
初夏には無数の菜の花が咲き黄色に染まる。

ゴッホがゴーギャンとの共同生活を送った場所でもあるアルル。
作品にも描いた跳ね橋。

スコットランドのグラスゴー。かの地に生まれた建築家、
チャールズ・レニー・マッキントッシュの手になるグラスゴー美術学校。
設計はマッキントッシュ27歳のとき。その後15年の歳月を経て完成。

「アーツ・アンド・クラフツ運動」を
提唱したマッキントッシュは
椅子のデザインも手がけた。

アイルランドの首都ダブリン。テンプルバーと呼ばれる一角は「酔い泥れ」の聖地。
老若男女が飲み、しゃべり、また飲む。

アイルランド、ダブリン郊外から海を眺める。
19世紀、大飢饉に襲われたアイルランドの民は多くが海を渡った。

クリスマスシーズンをむかえたパリ。
シャンゼリゼには無数の光が生きものように瞬いている。

中国、上海は港町でもある。
流れ着く者、出ていく者…。

上海の夕暮れどき。
家路を急ぐ自転車の群れ。

上海もまた川の街である。黄浦江は長江が海に注ぐ直前の支流。
東方明珠電視塔が見える。

絶えずその姿を変えつづける都市という存在は幻想でしかない。
それでも、旅は続く…。

第四章

孤独、あるいは芸術、酒について

〝孤〟であること――オーベル・シュル・オワーズ

どんな人であれ生まれて死するまで順風な生を送れる者はいない。人から羨まれる家に生まれ何不自由ない環境で育ち、社会に出てからも暮らしに困ることもなく生きているように映る人でさえ、その人の肉体と精神を揺さぶる状況は必ずやってくる。

そんなことはこれまでなかったと言う人がいたとしてもいずれ厄介事、災いは訪れる。己一人ではどうしようもないことをかかえこむのが、生というものなのである。それゆえ、人は己以外の何かに依《よ》るのである。

依るべき対象を人はまず人に求める。家族であり、友人であり、同僚である。恋人の場合もあろう。他人は己を映す鏡と言うように、いつくしみを以て相手に接すれば、たいがいの場合、慈悲深い態度でむかえてくれる。いつくしみとは逆に憎悪を以て接すれば、憎悪が返ってくる。それもまた自分の存在の確認となる。

人に依ることができない者もいる。

或る人はそれを宗教に求める。

人は宗教に依りさえすれば、あらゆる災難、厄介事を己のなかから放りだし、神にゆだねれば済む。神は信じる者が契約を果たしてくれれば、それを受け入れる。無償の契約もあれば、死を以てつくせよという神もいる。

その神とて人が創造したものである。

神が人のかたちをしていることがその証しだ。人間自体に欠落があるのだから、人が創造した神に欠落したものがあって当然である。そうであっても依るべきものがあれば人は安堵を持てる。

依るべきものを人でもなく神でもなく、違うものに求める者もいる。

権力、名声、金……、欲望を満たすことで、安堵を得る者もいる。

それらのものも所詮、人間が、社会がこしらえたものである。そこには満足しきれないものが残る。

依るべきものを持たない者はどう生きるのか。

最初からそういうものを否定し、強靱な克己心を持って生きる者がいるらしい。そういう人はいると聞くが、私は逢ったことがないし、書物のなかで読んだこともない。

依るべきものを探して生きる人は多い。

旅人もそうかもしれない。


かつて私は一人の男の生きた軌跡を辿り、旅をした日々があった。

その旅の、男の終焉の地が、フランス、パリから北へ車で一時間走った場所にある河畔の村、オーヴェル・シュル・オワーズだった。

男の名前はヴィンセント・ヴァン・ゴッホ。画家である。

ほとんどの日本人が男の名前を知っており、作品のいくつかを見ているはずだ。

日本がバブルの時代、この画家の『医師ガシェの肖像』という作品を購入した製紙会社の会長が、自分の棺のなかに入れたい、と発言して世界中から顰蹙《ひんしゅく》を買ったほどの貴重な絵画を残した男である。

ゴッホの生きた軌跡を辿ると、この画家がいかに依るべきものを探し求めたかがわかるし、狂気と呼ばれるものが何なのかも考察できる。

彼もまた旅人だったのである。


初夏、パリから車を走らせた。

ヨーロッパ大陸を飛行機で旅し、窓から大陸を見たことがある人は、初夏にレモンイエローの花を咲かせた菜の花畑の美しさを知っているはずだ。

その黄色に咲いた畑のなかを車は走っていった。道が混みはじめ、それがこの村を訪れる観光客の車とわかる。悲劇の画家ゴッホの終焉の地を見ようと人々は集まってくる。

村は以前より小綺麗になっていた。

オーヴェル・シュル・オワーズを訪れるのは、これが何度目だろうか。

セーヌ河畔の、この村の近辺にはフランス印象派の多くの画家たちが暮らし、自然と光に恵まれた土地を描き、さまざまな作品を残している。

モネ、セザンヌ、ルノワール、シスレー、ピサロ……といった印象派を代表する画家たちだ。

セーヌ河畔と書いたが、この村を流れる川はセーヌの支流のオワーズ川である。

村はオーヴェル・シュル・オワーズ駅からシャポンヴァル駅までの細長い土地で、そこに城が、村役場が、ゴッホのアトリエがあり、村のあちこちに画家が描いた風景が残っている。

1890年5月20日にゴッホがこの村に着いた。

ゴッホがこの地を訪れたのは気候のよさもあったが、精神科医のガシェ博士が住んでいたからだ。南フランスのアルルでの事件（自ら耳を切断した事件）以来、サン・レミの精神病院での静養のかいもなく、画家は何度かの発作に襲われ、情緒はますます不安定になっていた。

友人であった画家のピサロが、ゴッホを精神病院に入れるより、ガシェ医師の下において自由に仕事をさせてやりたいと骨を折った。

ゴッホはこの村に着き、あちこちを散策し、この地を大変に気に入った。空も、大地も、川も、風も、何もかもが彼に安堵を与え、創作意欲にかられる。そうして死を迎えるまでの七十日の間に超人的な量の作品群を描きあげる。

なのに7月27日、画家は麦畑のなかでピストル自殺を図り、29日に死亡する。耳を切り落としたり、ピストルで命を絶ったりした行為を含めて、ゴッホの狂気が後々まで語られ、私たちは画家が狂気をかかえていたと教わった。

だが彼のさまざまな行動が狂気によるものかどうかは誰にもわからない。ましてや狂気とは何たるかを定義するものはないし、どこまでが健常者でどこからがそうでないのか定められたものもない。

ゴッホの生涯で私がもっとも興味があるのは１８７６年から１８７９年の四年間の彼の行動である。

それ以前、彼はロンドンで大失恋をし、パリに移ってからは画廊に勤めている。ここでゴッホは、美術品や絵画を売買するのは巧妙な窃盗と同じ行為だ、と主張し店の者を激怒させる。疎外された彼が頼ったのが聖書であった。元々、牧師を父に持っていたが、それまで聖書をまともに読んでいなかった。

ゴッホは宗教にのめりこむ。そうして牧師を志す。神学校に入り伝道師を目指すが利己的すぎる性格と判断され、卒業資格を得ることができない。

彼は神学校に失望し、ベルギーの炭鉱町で街頭に立ち、伝道をはじめる。炭鉱の子供たちに教育を授けたり、病人を熱心に看護したりする。しかしあまりの熱心さのために人々は、この青年におそれを抱く。

炭鉱の町の街頭に立ち、聖書を手にキリストの教えを説く青年を人々は嘲笑する。青年にはその嘲《あざけ》りが見えなかったのだろう。

読者は、この青年の立場に自分を置きかえてみるといい。ゴッホのようなことはしないって？　そうではない。仮に半日でも蔑《さげす》みの目の前に自分を晒《さら》せるかどうかの話だ。おそらく瞬時にやめてしまうはずだ。

しかし若きゴッホはそれを数年続けた。この行為を狂気の沙汰とは呼ばないが、青年の孤独ははじまっていた。

アルルの糸杉。

サン・レミ。
病院内展示室にある椅子。

〝孤〟であることは大人の男にとって大切なものである。他人と連るむより、孤である時間のなかに潜むもののほうが価値がある。

孤は人に強靱な精神を求める。精神のバランスが崩れたとき、孤は人そのものを崩すことがある。だがほとんどの人は崩れる前に孤を放りだす。

孤のなかでしか見えない真実がある。

やさしすぎてはいけない——サン・レミ

なぜ現代人はゴッホの絵画にかくも魅せられるのだろうか。

美術の専門家なら、ゴッホの筆致の個性、色彩の独創性をあげて論理的に説明するのだろう。

私がゴッホの魅力はこれだと気づいたのは、何点かの彼の作品を見て回ったヨーロッパの美術館ではなく、ニューヨークにおいてだった。

メトロポリタン美術館、ニューヨーク近代美術館（ＭｏＭＡ）を訪ねて、そこに展示してあるふたつの糸杉を見たときだった。

メトロポリタンには『糸杉』、ＭｏＭＡには『星月夜』があった。多くの画家の作品のなかに置かれているとゴッホのあきらかな違いがわかる。かなり離れた場所からでも一目《ひとめ》でゴッホとわかる。近代絵画の群れのなかでも彼の絵画は他のどの画家とも違うことが子供にでも理解できる。察知できるのだ。

——群れのなかでまぎれることがない。

その点はピカソもミロも同じだが、彼等とは違うものが感じられる。察知と書いたが、作品から放たれている何かがある。見る者が感受するのだからエネルギーに似たものなのだろうが、単純にエネルギーとはかたづけられない。ゴッホの作品の特異性を察知したとき、私は思った。

——これは絵画ではないのかもしれない……。

そう感じるものが、音楽においても小説にも、詩、舞踊などにも時折ある。それらが共通しているのは、誰にも理解できることだ。

ニューヨークで鑑賞した、糸杉のある二点の作品はどちらも1889年の6月に描かれたものである。

〝サン・レミ時代〟と呼ばれる期間で、画家がサン・ポール・ド・モゾール（旧僧院）病院に入院していたときだ。

病院は精神病院である。病院に入る半年前、ゴッホはアルルの街で友人である画家、ゴーギャンに切りかかり、あげくに自分の左耳を切り落としていた。落とした耳を通っていた娼婦に届けている。

入院して一ヶ月後に、このふたつの作品を描いた。それゆえゴッホの〝狂気〟と〝死〟を象徴する作品と呼ばれている。

この原稿を書くにあたって、私はニューヨークでこの、糸杉を描いた二点を見直してみることにした。

私にはこれらの作品から〝狂気〟も〝死〟も感じられなかった。

精神病院のなかで描いたから〝狂気〟が浮かびあがるという説は、あまりに陳腐である。

さらに言えば糸杉は当時の墓所に必ず植えられていたし、ヨーロッパでこの木が〝死〟を象徴するから〝死〟の気配があるとするのも安易すぎる。

〝狂気〟も〝死〟もそこにはない。


前項で私はゴッホの孤独について書いた。

〝孤〟のなかでしか見えない真実がある。

人が依るべきものを探しあてられなければ他人、宗教、権力、名声、金……に依って生きながらえようとするのだが、それらのものに価値を見出せなければ（実際、価値などないのだが）探し続けるしか生きる術はない。

ゴッホはそれを実践した。

実践の過程に創作活動はあった。

価値観が違っていたのである。それによって群れのなかにまぎれない作品が生まれたのかどうかは、私にはわからない。しかし少なくとも彼が違うものを見ていたことはたしかである。

この時期、画家はこう語っている。

「私は絶えず糸杉にこころを奪われている。（糸杉を）ひまわりの絵のように描きたいと思っている。というのは私が見ているようには（糸杉を）誰も描いていないのが意外に思えるからだ。（糸杉は）エジプトのオベリスクのように緑も姿も美しい。（糸杉の）緑にはすぐれた気高さがある」

画家は単純にそう思っていたに違いない。発見とはそういうものである。当人にとってはきわめてシンプルに見えるものが他人にはそう映らない。

私がサン・レミを訪ねたのは冬の終りだった。

画家の辿った軌跡を追っての旅だったからアルルからサン・レミにむかった。

アルルでは夕刻を過ぎて街を散策した。星を眺めるための散策だった。冬のほうが星が美しいと思ったからだ。予期したとおりあざやかな星を見ることができた。美眺を目が記憶した代償に、私は風邪をひいた。尋常の寒さではなかった。ミストラルと呼ばれる寒風のなかを歩き続けていたのだから。

ミストラルは昼夜を問わず襲ってくる。ゴッホは野外での創作のために肌を切る風のなかでイーゼルが吹き飛ばされぬよう地面に杭を打とうとしたほどである。

ゴッホがゴーギャンに切りかかり、自分の耳たぶを切り落とし、それを馴染みの娼婦に届けたのも、このミストラルが吹き荒れる12月のことだった。

依るべきものを人に求めると書いたが、ゴッホにとって弟・テオは世の中でたった一人だけの自分の血縁者であり理解者であった。その弟が婚約したショックがあったし、画友と信じていたゴーギャンとは創作の根本が違っていたことを知り失望した。

しかし失望以前にあったのは、弟への惜しみない愛情であり、ゴーギャンのためには『ひまわり』を描き、画友のアトリエのための椅子まで準備していた。

いとおしい者へ惜しみない愛情を注ぐ。己のことよりも、いとおしき者へすべてを与える。そうせざるを得ない性癖。

これこそが魔物なのである。

惜しみない愛情は美徳という考えがある。私はそれを信じない。偽善とまでは言わないが、他人にやさしすぎることは、大人の男がなすことではない。

やさしくすればするほど、そこに溝が、川のようなものが生まれる。そしてその溝には得体の知れないものが流れている。足を踏み入れれば底なし沼に似た不気味な感触がするに違いない。

俗に言うところの〝無償の愛情〟の話をしているのではない。

他人に何かができると信じることに過ちがあるのだ。


サン・レミの病院で、私はゴッホがいた部屋と同じ作りの展示用の部屋のなかに、ちいさな椅子が置いてあるのを目にした。

画友のために用意した椅子であり、ゴッホが作品のなかに執拗に描いた椅子でもある。

私はそのとき、小椅子に腰を下ろした耳の千切《ちぎ》れた画家を想像しようとした。

画家の姿は浮かばなかった。

同じ椅子をオーヴェル・シュル・オワーズの画家のアトリエでも見かけた。

ゴッホの作品をよく知る人にとって小椅子は画家の象徴に思えたのだろう。誰がそうしたかは知らぬが、ごく自然に椅子はそこにあった。

――ゴッホには安息の椅子などなかった。

私には、そう感じられた。

旅をすることは椅子を探すことかもしれない。

しかし旅人は安息の椅子を見つけることはできないはずだ。

欲望に忠実であることが純粋の証し――グラスゴー

旅をしていて、街に若者の姿を大勢見かける土地には活気がある。活気は、希望、夢の裏づけでもある。そんな土地はほとんどが都会である。大半の若者はどうしても都会に憧れる。これは古今東西、共通している。

都会には何があるのか。

目には映りにくいが、人間が手にしたがるほとんどの力がある。その最たるものが権力であり、富である。

若者は力に憧れる。幼少期から思春期にいたるまでには彼等は己の力のなさを知る。或る者は差別を受け、或る者は恥辱に遭い、力とは何かを体得する。直接、辱《はずかし》めを受けなくとも、それを傍観していることで、強者と弱者の領域が歴然と存在していることを知る。若者にとって力は絶対的なものとして映る。時代を制するものが力であることは歴史を見ればわかる。

力を欲して若者は都会に群がる。エリートの道を目指す者などは力を欲する象徴の輩である。力を得ることに固執するのは人間の本能である。力への渇望、力への欲望こそが人を走らせ、邁進《まいしん》させる。

若者は目を血走らせ、都会の群集のむこうにあるはずの力の塔を探し、さまよう。

その姿は、昨日の私であり、あなたである。欲するものにむかって懸命になることは少しも愚かな行為ではない。それが手に届かず、あえぎ、もがき、苦しみ、悩む姿はごく当たり前の姿だ。その結果、失望、絶望の淵に佇む者もいる。それでいいのである。そこから怒りが生まれ、反抗がはじまる。

己を見る。己を知る。このおそらく人間が体得するもののなかで一番厄介なものを得る過程において、己の欲望を見つめ、忠実に行動することがまずありきなのだ。

若者は欲望のかたまりでいい。それが似合う人生の季節の只中にいる。純粋は欲望と隣り合わせている。欲望への葛藤など捨てればいい。欲望に忠実であることが純粋の証しだ。たっぷりと欲望につき合うことだ。じたばたすることだ。


スコットランドのグラスゴーを訪れたのは、秋の終りだった。

旅は、〝ボーダー〟という名称をもつ、かつてローマ帝国と帝国支配を拒絶した民が殺戮をくり返した、帝国の北限であった土地からはじまった。荒涼とした国境から都会に入るとそこは若者の活気であふれていた。

旅の目的は一人の男の欲望をたしかめることだった。

チャールズ・レニー・マッキントッシュ。19世紀の終りから20世紀の初めを生きた建築家である。

建築に興味があるか？　まるで興味がない。建築物、さらに言えば住居というものにさえ興味がない。それからして自分が定住に固執していないのがよくわかる。

ではなぜ、一人の建築家に興味を抱いて北の地まで旅に来たのか。

若いときに、〝歴史のなかの、かわり者の一人〟として彼の名前を知ったのを記憶していたからだ。

〝カラヴァッジオの喧嘩〟〝ドストエフスキーの賭博〟〝レンブラントの破産〟〝ゴッホの狂気〟そして、〝マッキントッシュの飲酒〟とあった。

だがマッキントッシュの飲酒に関する資料は日本には皆無で、何ひとつ手がかりはない。

〝晩年、酒に溺れた時期があった〟その程度しかわからない。ならマッキントッシュの土地に行ってみようと旅発った。

グラスゴーを訪れたのは、これが三度目だった。一度目は乗り継ぎで一泊、二度目は絵画を見るためで、やはりわずかな時間の滞在だった。

印象は、陰気で暗い街だった。訪ねた季節が皆、冬であったせいかもしれない。

まずはマッキントッシュが現在もその名前を残し、彼の生きた時間の軌跡を目にすることができる建築を見学に行った。

グラスゴー美術学校である。

建物の存在は知っていたが、今さら学校を見物する歳ではないし、学舎《まなびや》というものが好きではなかった。ましてや美術を学校で学んで何が生まれるというのだ。美術というものは欲望の具象化である。

ルネッサンスを生んだのは、従来の徒弟制度への反抗である。教会が、王が望んでいた絵画への否定である。解放と言えば聞こえはいいが、そんなものはいつの時代にもありはしない。人間はいかなるものからも解放されたことはない。美の定義からして存在しないと私は思っている。美術は論理とは相反するところにあるものだ。

美術学校を訪れ、建物の前で煙草をくゆらせていると、学生たちだろうか、大勢の若者が屯していた。人種が雑多であるところがいい。

どこの国でも群がる若者の姿は同じである。自分たちの世界がすべてで、それでいて目はいつも外にむけられている。

――自分たちの世界は未来につながっている。何ものにでもなれる。

という誤解と妄想の精神と、

――もし目の前に欲望の対象があらわれたなら、そのすべてを手に入れ、犯し、食べつくしてやる。

という力がみなぎっている。

無気力な若者が多い？　それは別に今にはじまった話ではない。若かろうが大人だろうが無気力な者はいつの時代にもいる。

外観からして古い建物だった。なかに入るとさほど古さは感じなかった。

建物が今も息づいているからだった。マッキントッシュが二十七歳のとき、設計したものがコンペティションで採用され、十五年の歳月をかけて完成したものである。

その建物が現在も学舎として使われ、美術を学びたい学生が椅子に腰を下ろし、壁に背をもたせかけ、窓辺に頬杖をついている。欲望と葛藤の数だけ机も壁も若い脂が沁みついていた。

図書館に入ると、さまざまな光彩を取れるようにマッキントッシュは設計をしていたことがわかる。

〝アール・ヌーヴォーからアール・デコに移行する過程がそのままここにある〟

そう言われても大切なことはどれほどの居心地であるかだ。悪くはなかった。自由見学していいとのことで、私は気のむくまま階段を昇り、廊下を歩き、制作途上の絵画や彫刻が並べてあるアトリエを覗いた。

そこで一人の若者が一心不乱にキャンバスにむかっていた。

遠い日の自分に出逢ったような罰の悪さがあった。若者は私に気づき、睨《にら》んだ。

――そこで何をしている。

その目だ。その目こそが創作の源だ。

酒をやめようと思ったことはない――グラスゴー

旅が、もし寓話が語るように〝幸福の青い鳥〟を探し求めて日々を送るものなら、さぞ楽しいものであろう。

今、世界のどこかを旅している旅人のなかには、そんな旅をしている人もいるかもしれない。

私は悲しいかな、そういう発想で旅をしたことは一度もない。

大人の男の旅が〝幸福の青い鳥〟を探すことだけではあまりに情けない。

幸福というものに憧れるには、私はずいぶんと不埒《ふらち》な生き方をしてきた。それに世間が言うところの幸福な状況がいかに居心地が悪いかも知っているつもりだ。

他人の目から見て幸福そうに映るということは、大人の男としてかなり危険な立場にあると考えたほうがいい。

スコットランドのグラスゴーの街を訪れ、一人の建築家（もしくは芸術家とも呼ばれているが）の軌跡を見ようと思ったのは、彼が晩年、酒に溺れた日々を送ったと、昔読んだ本にあったからだ。

――それは面白そうだ。

後世に名前を残した一人の男が実は酒を溺愛していたとしたら、かなり興味のある生き方だと思った。

ところがグラスゴーの街を訪れ、酒への溺愛ぶりを取材しようとしても、まったく手がかりはなかった。

男の名前は、チャールズ・レニー・マッキントッシュ。

1868年から1928年までの六十年の生涯を送った男で、若いときに革新的な建築、室内デザイン、装飾画……を手がけ、死後三十年近く経ってその仕事が発掘、紹介されてから評価された人物である。

私は建築というものに興味がないので、マッキントッシュが後世の建築家、芸術家たちにどのような影響を与えたかはまったく語る術を知らないし、付焼刃で何かを語るほど厚顔ではない。

彼の仕事を知る手がかりとして、もっとも誠実な書物と思える『CHARLES RENNIE MACKINTOSH: Architect and Artist』（ロバート・マックラウド著）があり、そこにはマッキントッシュの仕事が丁寧に分析、解明してあった。同時に、彼がいかに完全主義者で、依頼主、施工者、大工たちからどのように見られていたかも紹介してあり、興味深かった。彼の設計図に従って建築、室内デザイン、家具、装飾品を製作していく職人たちは、マッキントッシュの妥協を許さない性格に辟易していたらしい。

しかしそんな設計者、芸術家は数多《あまた》いるし、その完全主義が個性を創造しているのも事実だ。

思うに彼は完全主義者によくありがちな孤独を背負わなくてはならない運命にあったようだ。最初に仲間となったパートナーたちも次第に離れていき、一人で歩まなければならなかった。

そのうえ、彼の才能が開花し実った時期はおよそ十年余りだったと言われる。二十八歳から三十八歳までである。それから六十歳で亡くなるまで檜《ひのき》舞台から消えてしまう。

このことが彼の飲酒の噂の原因になったようだ。しかし取材をする限り、マッキントッシュが酒に溺れた日々があったと証言する者も、実証する出来事もない。

——なんてことだ。旅の興味は脆《もろ》くも崩れちまったってわけか……。

そこで私はグラスゴーの街に出て、パブを徘徊することにした。

さすがスコッチウィスキーの本場スコットランドである。

愛飲するシングルモルトウィスキーを注文しようとすると、百種類を超えるシングルモルトがあった。

ウィスキーの味もさることながら、水が美味い。さすがに〝命の水〟である。

スコットランドにはどうしてこんなに多種多様なウィスキーがあるのか。

第一章でも書いたが、かつてウィスキー製造に重税を課す悪法がまかり通っていた頃、密造酒をこしらえる酒造り屋が無数にあり、山奥や海辺の小屋でウィスキーを造っていたからである。

それを知るとスモーキーな味までが愉快なものに思えてくる。


さて諸君は酒とどのような付き合い方をなさっていらっしゃるや。

私にとって酒は空気のようなものである。どんな場所にいようと酒はかたわらに存在しているものだ。

酒を飲むのに理由も講釈もない。

ただ飲むだけである。そうしていれば自然と酒と身体がひとつになって素晴らしい酔心地に浸れる。

飲みすぎることはないか。そんなことは初中後《しょっちゅう》である。二日酔いにならないか。それも日常である。

酒のうえでの間違い、失敗はないか。ないわけがない。他人に迷惑をかけたことはないか。そんなもの酔っているので憶えているはずがない。

限度を越えて酒を飲んだ時期はないか。当然のごとくある。幻聴、幻覚、果ては暴れまくり、病院に送りこまれた経験もある。身体をこわしたことはないか。何度もあるが、そのたびに復帰してきた。

自分でもかなり重症の酔っ払いであった頃の記憶を辿って小説を書きあげたこともある。今でもその文章を読み直すといささか気分が悪くなる。

それでも酒をやめようと思ったことはない。

——なぜ酒をやめないか。

それは酒によって救われたことが多々あるからだ。

酒飲みに自殺者はいない、というのが持論である。酒に酔っているとき、人間は生を絶とうとは考えない。人が死を考えるとき、死とむき合うときは素面《しらふ》である。

今はもう酒に溺れることはない。なぜならさんざ溺れてきたからだ。酔い泥《ど》れの海に落ちて溺死しそうになった者は、酒の海を巧みに泳ぎきる術を体得するものだ。

——酒がなかったら、私はとっくにこの世から消えていたはずだ。

だから今はおとなしい酒である。

グラスゴーの酒場で美味いシングルモルトウィスキーをやっているとき、昼間見た建築家の椅子がぼんやりとあらわれた。椅子だけが宙に浮いていて、そこに腰掛ける人影は見えなかった。

――マッキントッシュはやはり酒を飲んでいたに違いない。

何とはなしにそうつぶやいていた。

晩年の孤独が事実なら、孤独を癒すには酒は最良の友である。

グラスゴー美術学校で見た若者たちの顔が次から次にあらわれては消えた。

人は何を創造したかではない。何を残したかでもない。何とともに生きたかではなかろうか。

孤独に乾杯。

妄想と酒は最良の友である――ダブリン

スコットランドのグラスゴーから海岸沿いに車で南へ走ると、ターンベリーという名前の古いリゾートホテルがある。

ちいさな丘の上に建つホテルは、床もきしんでいささか古すぎるが部屋の窓からの眺望は素晴らしい。五百メートル先は北海である。湿気の多い土地で、夜明け前、朝霧のなかに黒い海が見え隠れする海景はなかなかである。

ホテルの建物と海の間は、昔から灌木《かんぼく》と砂地にわずかの草しか生えなかった瘦《や》せた土地である。土地の人は、このどうしようもない土地をリンクスと呼んだ。この土地を男たちが遊びの場所にかえ、誕生したのがゴルフである。その場所は現在、世界中のゴルファーが憧れるリンクスゴルフコースとなった。

ホテルの前にも有名なゴルフコースがあり、コースのなかに滑走路が見える。これは第一次大戦のとき、ここからドイツにむかって爆撃機を出撃させたからだ。飛行機乗りたちの慰霊塔も見える。

沖合いにお椀を逆さにしたようなかたちの島が浮かんでいる。天気のよい日は島全体が白く光っている。鳥たちの糞《ふん》が何百年もかけて岩肌を白くさせたのだ、とホテルのバーテンダーは笑って言った。

アリサ・クレイグ島という無人島である。ヨーロッパ中から渡鳥が飛来する、生物学者たちには貴重な島らしい。

朝夕、ホテルの窓から眺める海と島の風景はこれまで私が見た海景のなかでも極上のものであった。

或る夜、私はホテルのバーでアリサ・クレイグの話をしていた。こう書くと一人の女の話を男同士がしているようで艶気《つやけ》があるふうに聞こえる。

「アイルランドから飛んでくる鳥なんか日帰りだろうよ」

バーテンダーが言った。

――そうか海のむこうにはアイルランドがあるのか。船に乗れば数時間で着くらしい。

「ダブリンの鳥はきっと二日酔いのまま飛んでくるんだろうよ」

私はバーテンダーの言葉に笑いだした。

アイルランドの人たちの酒好きは有名である。そのアイルランドのなかでもダブリンの人たちの酒に対する執念は凄まじいものがある。

ジェームズ・ジョイスの短篇集『ダブリンの市民』の中に『counterparts（対応）』という作品があり、主人公の男が勤務中に事務所を出て酒場に一杯やりに行く。仕事が終る間際、給与を前借りし酒代にしようとするがかなわない。彼は質店でおそらく唯一の財産の時計を形《かた》に金を得て、酒場に直行する。金がないのに友に振る舞い、あげく酔い加減にもの足りなさを感じながら帰路につく。

たったそれだけの話なのだが、それが実にいい。四六時中、酒を飲むことしか考えていない主人公の感情にユーモアが、ヒューマニズムがある。

その夜、私は部屋の窓辺の椅子に腰を下ろし、アリサ・クレイグの島影の彼方にダブリンの街を思い浮かべながらボトルを飲み干した。

妄想と酒は最良の友である。

いつかその酔い泥れの街に行ってやろうと思っていた……。


ダブリンの街に車で入ったのは金曜日の夕暮れだった。

市街の中心地に近づいたが、想像していたより活気がなかった。

「あの中央郵便局の建物がイースターの蜂起の総司令部になったところだ」

強い訛《なま》りでドライバーが言う。英国からの独立はアイルランド人の誇りであり、河のごとく流れた血の代償なのだ。

――それは充分理解している。早く酒場を見せてくれ。表通りにはその土地の真の姿はないんだ。

私は同行者に訊いた。

「ホテルはどこですか」

「酒場街のど真ん中にありますが、まずかったでしょうか」

「いや、素晴らしい。しかし思ったより……」

私が言いかけたとき、私たちの乗る古いバンが大通りから路地に入った。

すぐにスピードが落ちた。そこには酒場が連なり、人が車道のなかまで群れをなしていた。前を走る車も徐行している。窓から通りを見ると、若者から年寄りまでが酒場の入口からあふれ出て酒を飲んでいる。どの顔もすでにぐでんぐでんだ。

――オイオイ、まだ夕刻の五時だろう。

どの目もアルコールを身体に入れて昂揚した光を放っている。

コカインでも、アヘンでも、ドラッグでも得ることができない、アルコールだけが人間に与えてくれる恍惚の表情である。

車はのろのろと通りを進む。こちらにむかって手を振る者、窓を叩く者もいれば、道端で踊る者、嘔吐する者もいる。皆、すでに常軌を逸している。

ほんの六百メートル足らずの通りに五百人、いや千人以上の酔っ払いが屯している。

——いい感じじゃないか。

私はすこぶる気分がよくなった。

——ジョイスの小説は作りものではなかった。あいつはガキの頃から大人が何をしでかすかを見てやがったってことか。

車が通りを右に折れると、さらに酔っ払いどもの数は増し、音楽は耳を劈《つんざ》くように響き、そこかしこからがなり声と奇声が聞こえた。

「TEMPLE《テンプル》　BAR《バー》」

とドライバーが叫ぶ。


いやはやこれほどの酒好きの老若男女がいる街を見たのは初めてである。

男は勿論のこと飲むが、女も半端でなく飲む。ご老体も元気だし、ましてや若者はくるったように飲んでいる。そのうえよく語るし、真剣に相手の話も聞いている。よほど年少のときから酒交の場の躾《しつけ》を教えられているのだろう。

夜の十二時を過ぎても警官がうろうろするわけではない。まだ喧嘩（かなり期待していたのだが）もなければ事故の騒ぎもない。

規律正しい酔っ払い？　そんなはずはあるまい。その証しに各酒場の入口に立つガードマンの頑強な身体つきは尋常ではない。酒の行き着くところは感情の両極である。昂まろうが、沈もうが、壁の前で止揚しなくてはならない。その姿はハイであろうがローであろうが、止まった瞬間は、死とむき合う。

ジョイスはそんな大人たちの表情を見たのだろうか。私にはわからない。世間が賛美する後半期の作品はまるで百科事典をこしらえるように戯《たわむ》れているとしか思えない。

ジョイスはダブリンを捨てた。だからこそダブリンが自由で、美しく、懐かしかったのだろう。

出発は、生きながらえるために——ダブリン

アイルランド、ダブリンのテンプルバーの酒は格別だった。酔い泥れの圧倒的な数、彼等の惚れ惚れする酒量。テンプルバーの週末の夜は酒を愛《め》でる者にとって天国かもしれない。酔うために酒はある。語るためにある。悦ぶために、歌うために、踊るために、怒るために、嘆くために、抑するために、淫するために……。すべての感情は愉楽につながる。

ひどい二日、三日、四日酔いで目覚めてホテルのベッドを這いでた。空は相かわらずの鉛色である。粘土のようになった頭を溶かすためには、一杯の水と潮風が最善の溶解法である。

海にむかおう。ホテルの裏手にはリフィー川。このどす黒い川の色がいい。空の鉛色を映しているのではない。この川は何千年も前からこの黒さなのだ。だからこの川の河口にあった街の名前がアイルランド語のＤＵＢＨ　ＬＩＮＮ（黒いよどみの意）からＤＵＢＬＩＮになったのだ。

この川を下っていけばジョイスが〝苦い水を堪《たた》えた器〟と称したダブリン湾はあり、『ユリシーズ』に書いたマーテロウ塔はある。

石で作った犬小屋。そう、あいつは犬だ。ガキの頃からあいつは犬のごとくうろつき、路地に立つ男を、祈りを捧げる女を犬の目で見ていた。うろつく者は物事を冷静に観察する。蔑むという人間の本性のひとつを見ている。人はいつくしみを持つが同時に己より劣る者を本能的に選別し、いとも簡単に蔑むのである。

文学の誕生するところは人の本能の善の領域からも発するが、その大半は善以外の領域を見る目から生まれる。それは人が善をなすより、それ以外の行為に走るからである。だから人間の歴史から戦争は、犯罪は消えることはない。迷い、悩み、犯すから宗教が不可欠なのだ。

海に出た。サンディコウブからダブリン湾を眺める。ホウス岬が沈むような雲の下に揺れている。風が強い。

沖合いを船影が流れる。ここから二百キロ行けば、イギリス、大ブリテンの街、リバプールがある。

アイルランドの歴史はイギリスへの服従と反抗である。国家は人心で存続し、人心を失

ダブリンの街並と橋。

って滅亡する。それは歴史が証明している。

人間は〝考える葦《あし》〟である前に動物の一種である。まずは生存しうることが、その土地に住む基本だ。そこで生きられないと察すれば、人もあらゆる生物も移動する。生きうる場所を求めて動きだす。生きるために障害となるものは排除する。それが同種の大量殺戮であっても……。

力のない者は流れていく。

流民。流れる民たちである。


目の前を風が渡り、潮流が行く……。

黒い潮目である。ジョイスがホウス岬から眺めた海峡はいかなる海色をしていたのだろうか。

潮流は万物を乗せて流れる。人心をも運ぶ。

ジブラルタル、ドーバー、マラッカ、対馬……、海峡に立つたびに私は思う。

この海峡を渡った者はどんな者か。

この海峡を渡る者に流れる民たちがいる。

本書の初めに私は書いた。定住できる者と定住できない者がいる。ひとつところで生きられない者が、その土地を捨ててどこかへ出発する。旅人の本能のなかにその衝動が眠っている。

――どこかへ行かなくては……。このままでは自分が滅んでしまう。

行くあてもないのに人は忽然と消えていく。そんな者が大昔から大勢いた。

それはほとんどが単独行である。

彼等とは異なる流れる民たちが世界には多く存在する。

モーゼが引き連れた民たちがそうである。ゲルマンの大移動もそうだ。流れざるをえない民たち、近年は移民と称する。

１８４５年の秋、アイルランド全土にわたって目に見えない恐怖がひろがった。作物を死滅させる新種の病原菌であった。

ジャガ芋をその菌は死滅させた。ジャガ芋はアイルランド人の主食だった。病原菌はジャガ芋の収穫の三分の一を腐蝕させた。

１８００年代初頭、アイルランドの人口は五百万人だったが１８４０年代に入ると八百万人を超えた。その増加した人口の大半は貧農の民であった。

彼等の人口増加を支えたのはジャガ芋の収穫増だった。ジャガ芋は栄養があり、驚くほどの量を収穫できる作物だった。この魔法のような食物は１８４５年までにアイルランドの全人口の三分の一の生存を支えていた。

しかし、このジャガ芋が目に見えない菌に侵蝕された。国家は救援策を講じて何とかその年を乗りきったが、翌１８４６年、再び収穫は半減した。おそるべき飢饉がはじまった。飢饉はチフス、赤痢、壊血病を流行させた。

１８４８年、また病原菌が襲った。

この四年間で百万人が餓死または病死し、百万人が海外に逃亡した。

ここに世界の移民のなかでも代表とされるアイルランド移民が誕生した。


移民にはさまざまな特徴があるが、移民となる最大の理由は、その土地で生きていけないからである。これほど大規模な移民が生じたのはこの国だけである。しかも若い女性たちが国を捨てることを希望した。人というものは生まれ育った土地をそうそう捨てるものではない。ましてや女性が自ら土地を捨てるのは稀有なことだ。小作農が増えすぎ、婚姻できる収入を持つ男性が少なかったこともあったが、最大の理由は餓死を恐れたのだ。

移民たちは強靭だった。北アメリカへ、南アメリカへ、ヨーロッパへ、オーストラリアへ……世界のあらゆる土地にアイルランド人たちは移り住み、自分たちの生きる場所をひろげていった。

現在、アイルランド本国の人口は四六〇万人だが、世界にいるアイルランド系移民たちは三千万人を超えていると言われている。大半は、広大な土地を有していた新生国アメリカにいる。

移民には一世の生存への執念が二世、三世と受け継がれる。これはどこの移民でも同じ傾向がある。人を強くさせる根は強靭な精神である。

彼等を見ていると（実は私も二世であるのだが）、国家より前に家族の生存がある。移り住んだ土地の掟《おきて》（憲法）より前の宗教の教典がある。これが移民の強さであり、問題点でもある。

朦朧《もうろう》とする頭で目の前の海流を眺めながら、移っていった民の姿と連夜のテンプルバーで酔い泥れる人たちの姿が浮かんだ。

すべての出発は生きながらえることにあり、生きることはひとときの愉楽を求めてさまようことなのか。いずれにしても哀切の生であるのには違いない。

今夜もテンプルバーへ。

第五章

記憶、死、あるいは旅について

出逢った事実だけが、そこにある――パリ

旅をしていて初めて訪れた土地を散策しているとき、或る場所に立ったり、路地の角を曲がったりした折、

――以前どこかでこの風景を見たような気がする……。

とか、さらに言うと、

――たしかにこの場所に自分はいたことがある。

と確信を抱くときがある。

déjà-vu《デジャビュ》（既視感）とは違う。

旅の暮らしが長くなると、そんな感覚に襲われるときが多々ある。

若いときは戸惑いながら、目の前の風景を見つめ、いつ、どんな状況でこの風景のなかに自分がいたのかを思いだそうとしていた。デジャビュの文献も調べてみたが、どうもそれとは違っていた。

十年、二十年と旅を続け、その感覚を抱くたびに少しずつ奇妙な安堵を感じるようにな

った。異国を旅することにはどこかに事故、死……、厄介との遭遇がある。つまり恐怖をともなっている。だから旅人の胸の隅には常に怯《おび》えのようなものが潜んでいる。そんな尖《とが》った気持ちを安らかにしてくれるものが美しい風景であったり、悠久の眺望だったりする。土地の歌や音楽、絵画、出逢った人でもある。そんななかで、

——たしかにこの場所に自分はいたことがある。

という感覚が妙な安堵になるようになった。どうしてそんな感覚を抱くようになったかを考えてみた。私は二十歳代から三十歳代まで、人の死後がどうなるかに興味を持っていた時期があった。当然のごとく宗教について書物を読んだり、人に教えを乞うたりした。神の存在の有無、万物の現象、霊の存在、……最後に、人の魂とは何か？　という問いにいたるようになった。

——肉体は滅びても魂は滅びることがない。魂はこの世に残り続ける。

かく語る書が多い。しかし死せる者の言葉は書物になるはずもない。それが本当ならこの世にはいったいいくつの魂が存在しているのか。木や石や水の中にいるのは精霊らしいから、人の魂はどこを徘徊しているのか。

——人の魂は人の肉体に宿る。

私はこの説をいつの頃からか支持するようになった。亡くなった多くの知人の力が彼等

の死後も自分に影響を与えているのでは、と思える出来事が続いたからだった。見知らぬ土地を懐かしむのもまた、私が知らない者の魂が、私のうちで騒いでいると思えば済むようになった。

本当に魂というものは存在するのだろうか。私にはわからない。できることならそのようなものが存在しないほうがいいと願う。こうして文章を綴り、旅に出て彷徨した自分の時間が跡かたもなく失せることを望む。そう思っている大人の男は多いはずだ。

私の周囲でも、何人かの友がそんなふうに見事に立ち去った。彼等は生き残った者に名残りさえ与えない。それが大人の男の処し方のような気がする。紐がか細かったり、脆かったりしたからではない。忘れえぬ時間は十二分にあったし、記憶の蓋《ふた》を開けば、まぶしい日々はあふれだすであろう。

では彼等が生きていたときに私と笑い合ったり、何かに憤ったり、哀しんだりしたことは彼等の死とともに消滅したのか、分かち合ったものも失せたのか。それらはたしかに私のうちに残っている。それも彼等の意志としてである。これは単純に彼等の精神なのか。私のうちに残っているものは共有した精神なのか。

それらを魂の欠けらと呼ぶことはできないのか……。

人と人が出逢うのに必然はあるのだろうか。すべては偶然であろうはずなのに後になって振り返れば必然であったと思われる出逢いはある。劇的に書けば運命の出逢いか。

私がその少女に逢ったのは冬のパリだった。

オペラ座の近くにある古い二流のホテルの、それも屋根裏のごとき安い部屋のベッドに少女はぽつんと腰を掛けていた。天窓から差しこんだ月明かりのなかで彼女は仔鹿のように見えた。どうしてそのとき、私が仔鹿を想像したのかはわからない。森のなかに迷いこんだ仔鹿を実際に見たことがないのに、きっとこのような姿ではないかと思った。だからと言って少女が初めて訪れた外国の地に怯えていたわけではなかった。後で聞くと、彼女は嬉しくて仕方がなかったと言う。自分の新しい時間が、パリで待ち受けている気がしたらしい。

その時、私はもう一人の男と少女の見分に部屋を訪ねていた。悪く言えば品定めをしていた。

「頑張れるね」

私は訊き、少女は跳ねるように立ちあがり笑って言った。

「はい、頑張ります」

私と男は部屋を出て暗いホテルの廊下を歩きながら言葉を交わした。あれはまだ子供じゃないか。たしかにそうだが、あの子に賭けてみる手もある。大丈夫か。わからない……。

私たちは少女を連れて、アフリカの砂漠に行き、大胆なビジュアルを撮り、その年の夏、彼女はシンデレラガールとなった。ブレーキのないジェットコースターがきらめく空にむかって跳んだ。

私の初期の記憶にあるのは、パリのホテルの屋根裏部屋の天窓から差しこんだ月明かりのなかの佇まいと、スペインのカナリア諸島の海岸を走っていた姿だけで、一番長く滞在したアフリカの砂漠の光景は欠落している。

次が東京の六本木、狸穴《まみあな》の坂道である。

ポンコツの赤いイタリア車の助手席で彼女は冬の月を仰いでいた。

そして最後が病室の窓のむこうの夜空にあざやかに咲いていた夏の花火を見つめる横顔だった。

出逢いから別離までの時間は、瞬《まばた》きをするごときだった。彼女も少女から娘へ成長するときであったし私自身も若かったせいもあるが、ともかく時間が瞬時に過ぎていった。

別離の後の数年、私はさまざまなことを考えた。特別なことを考えたわけではない。親しい者を失った者が思うありきたりのことである。そのありきたりが人の生と死の間で何千年も前からくり返されたことであり、感情だった。

人が人に何かを教えることには限りがあるが、人が人に学ぶことはかなり広範囲なものがある。生きていくうえで必要なことも不必要なこともあるし、正しいことも正しくないこともある。

残したものにはさしたるものはない。それでも肝心なものがあった。それは出逢ったという事実である。共有した時間である。偶然とも必然とも言えない、出逢った事実だけが、そこにある。

それが旅する人の感情と似ているように思えなくもない。死は二度と逢うことがないだけで、それ以上でも以下でもない。旅の土地もそうである。

ともかく、あがき続けることだ——パリ

記憶というものは厄介なものだ。

過ぎていった時間がその人の生にいかに影響し、いかなるものを与えるのか、私にはよくわからない。

その人の年齢にもよるだろうが、よほど幸福な日々を送ってきた人でない限り、過去を追憶して充足感を抱く人はいないのではなかろうか。私にとって過ぎ去った時間は苦いものや忌わしいものがほとんどだ。

これから先も過去を懐かしんで気持ちが安らぐようなことはあるまい。

そんなに悲惨な日々を送ったわけではないが、安楽な日々もなかった。ただ若い、青臭い日々があっただけだ。

若いということは肉体的にも精神的にもたぎるものがうちにあることで、その内包したものは常に自己中心に発散される。しかもその発散は大半が出すべきところを誤っており、他人に何らかの迷惑をかけている。しかしそんなことに気づくはずはない。だから平気で

大胆な行動ができるのである。

ただあらゆるものになれる、どんなこともできうる可能性を持っている。すべての若者が……。

その可能性をどこにむけるかが肝心なのだが、誰にもその方向は見えない。

たとえば金を儲けよう。金こそがパワーで、すべてだ、と若いうちに信じた者は、それにむかって突き進み、若くして富をなし、それまでの辛抱をぶちまけるように放蕩し成金そのままに闊歩《かっぽ》し、やがて富を失い、ただのつまらない男がつまらない過去とともに残るだけだ。金はただの「物」でしかない。他人を蹴落とし、裏切り、手の中に入れた金はそれはそれでパワーであろうし、己の満足となろう。だがただの物でしかない。それがわかるのには時間がかかる。

それでもひとつのことだけに懸命に邁進したあざやかさはある。見事に終りたければ、あざやかに死ぬことだ。それはできまい。金への執着は生への執着と同類のものであるから……。

いつくしむべき過去がある人は幸福なのだろう。

大人の男で、そういういつくしむべき過去とともに生きている者を私はまだ見たことがない。たぶんこれから先も出逢うことはないだろう。そういう人々と私は生き方が違うはずだから、私のうろつく領域に彼等が入ってくるはずがない。

人は平等ではないし、幸福の配分も偏《かたよ》っているし、愉楽にいたっては有無のふたとおりしかない。さまよう者はさまよい続けるし、戸惑う者は戸惑い続けるのだ。

過去にも、現在にも、ましてや未来にも戸惑う者にエールを送るべきである。

絶望の淵でさまよう者にエールを送りたい。踏ん張りなさい。粘りなさい。めそめそしても怯えても、ともかくあがき続けるべきだ。闇にむかって手を差しのべ、手探り続けるほうがいい。

求め続けるのがいい。

求めない？　そうしたら何かが見える？　馬鹿を言うな。悟りが拓ける？　悟りって何のことだ。法螺《ほら》を吹くのもたいがいにしろ。それでもそんなことを平気で口にする者がいるから世の中なのだろう。

何かを求めていた時間は、あえぎ、あらがい嘲笑されて、端《はた》で見れば醜態に映るが、それがやはりまともなのだろう。

いつくしむべきはそういう時間であるのかもしれない。

四十年前の冬、私はヨーロッパに旅に出て、ただうろついていた。何かを探していた？　そんな格好のいいものではなかった。

パリに着いたのは年が押し迫った夕刻だった。

パリ東駅から地下鉄に乗り、クレマンソー駅で降りた。

地上に出て、私はしばらく呆然として目の前の風景を見つめていた。

通りには光があふれ、人々は踊り、笑い、何かに憑かれたように騒いでいた。

大通りを歩きはじめて、私はその夜がクリスマスイブなのに気づいた。

すれ違う誰の顔にも祝祭に酔いしれている興奮があった。浮浪者もどこかに失せ、異端者もいなかった。

薄汚れた衣服を身にまとった東洋系の若者がよろよろと歩いているだけだった。

大通りをエトワールまで登り、私はそこからコンコルドの方角を振りむいた。

無数の光が生きもののようにまたたいていた。

――この光のなかに自分に温《ぬく》もりを与えてくれるものはひとつとしてない。

それが目の前の世界と私の関係だった。

私はまた地下に潜り、友人から教えられた宿のある場所にむかった。地下鉄を乗り継ぎ、再び出た地上は暗く、もの淋しい一角だった。

ようやく探しあてたホテルは呼鈴を鳴らせども人はあらわれなかった。周囲に宿は見当たらず、遠くに空の明るい気配のするのが目に止まり、そこにむかって歩きだした。辿り着くと、そこは教会だった。その頃、私は教会のなかに入らないと決めていたから、そこでまたどうしたものかと立ちつくした。凍てる風が吹いていた。夜空を仰ぐと星明りが揺れていた。寒気が空を駆けていた。

その時、足元で声がした。

見ると、一人の少女がちいさな箱を手に私を見あげていた。物乞いだった。私は施しを善しとしなかった。少女の顔を見つめた。周囲には彼女しかいなかった。教会の扉が開き、何人かの人影があらわれた。あっちに行ったほうがいい、と私が指さしても少女はその場から動こうとしなかった。私はポケットから小銭を出し、少女の手の上の箱に投げ入れた。少女は礼を言ったが、その場に立って私を見続けていた。私が立ち去ろうとしたとき、女の声がして、みすぼらしいコートを着た女があらわれた。

その夜、私は女と少女の三人で安宿で寝た。私は夜明け方、空腹で目覚め、女に何か食べるものを買ってくるように言った。女が部屋を出ていくと、少女はじっと私を見ていた。私も少女を見ていた。ソバカスなのか汚れなのかわからない少女の顔を見ていて、これと同じ光景を幼い頃に見た気がした。

私は少年だった。目で見るものだけがたしかなもので、そこから生を学んでいくしかなかった。

——あの時から自分は何ひとつかわっていないし、同じことをくり返しているのではないか……。

たぶんそうなのだろう。何かがかわったと思っているのは錯覚で、時間だけがただ流れているに違いない。螺旋《らせん》階段を昇っているつもりが、ひとつの軸の周囲を回っているだけのことなのだろう。

いつかあの喧騒のなかに、或る作家が〝パリは移動祝祭日だ〟と言ったごとくに大通りを歌でも口ずさんで歩いてみたいと思うのだが、何度、この街を訪れてもそうできずにいる。

つまらない記憶が、時折、顔をのぞかせるから厄介なのである。

いずれどこかで死に絶えるなら、街の名前を知らぬ場所がいいのかもしれない。

明日、どこかであの少女とめぐり逢っても互いに気づくはずはないし、時間というものはそういうものであるべきなのだろう。

この世には、幻想があるだけ――上海

都市は変容する。

その変容するありさまを見ていると、都市がひとつの生命体であることがよくわかる。

この巨大な生命体を、生命体とならしめているのは人間である。

都市は人間という細胞がこしらえた生命体であり、幻想である。

私たち人間の細胞が日々死滅と新生をくり返すように、都市のなかで人間は生死をめぐるしくくり返す。

細胞が増殖し続ける都市は人間を平然と葬り、その屍を踏んで新しい人間が流入してくる。

今、世界のなかでもっとも増殖を続けているのは中国の上海である。たった半年で上海の街は違ったかたち、表情となる。その変容のスピードは異様ですらある。

訪れるたびに表情をかえる上海を、私は眺望する。新しい細胞が作りだした表情からは葬られた人間のかたちはいっさい見えない。目に入るのはあざやかすぎるほどの、きらめ

く上海である。

その変容する姿は見事としか言いようがない。

飢える者はなく、肥える者であふれている。

上海の哲学はひとつである。

成功者が生き残り、生き残った者が上海を手にする。

富を得て、権力に触れた者、すなわち、上海を手にした者は、中枢の細胞を目指してさらに増殖していく。都市には世界のさまざまな場所から新しい細胞が流入していく……。

昼、夜、時間など無関係に流入をくり返し、都市は膨張していく。増殖、膨張はとどまることを知らない。

都市のいたるところで祝祭が行われ、享楽に浸る細胞の叫びがする。

夜の上海の帳《とばり》を眺めていると、ひとつひとつのきらめきに人間の叫びが聞こえる気がする。

欲望と快楽がかたちとなって上海の表情になっているのだ。

生命体をなす細胞に思考はない。欲望というエネルギーがあるだけだ。

都市は巨大な生命体であり、都市は幻想である。

幻想の所以《ゆえん》は何か?

歴史がひとつのことを証明している。

今、異様に膨張する上海は、かつて20世紀の初頭、同じ膨張をくり返していた。

水路が世界をつなぐ最大の交通手段であった時代、上海は〝水都〟と呼ばれ、あらゆる国の船舶が、富と権力を手にしようと群がった。

イギリス、フランス、アメリカの租界ができ、上海は〝アジアのパリ〟と称された。

この時代、上海を訪れた旅人は、この都市の繁栄は永遠に続くのではと旅行記に書いている。

この世に永遠は存在しない。

幻想があるだけである。

都市を破壊するものもまた欲望である。

欲望の権化《ごんげ》は征服である。征服のかたちは戦争である。戦争の手段において破壊は明確な意思表示である。

人類の歴史のなかで、多くの都市が破壊され、焦土となり、瓦礫《がれき》となった。

たとえその都市が、千年、二千年の歳月、繁栄を続けていても、破壊がはじまれば一夜にして姿を消す。

作家・武田泰淳《たいじゅん》＊注・204ページは都市が消滅する証言者であった。

1937年秋、彼は兵隊として上海、呉淞《ウースン》に上陸した。

中国文学を信奉し、中国に憧れていた二十五歳の二等兵が最初に目にしたのは軍服を着ていない中国人の夥しい死骸だった。

征服者によって都市が破壊されるとき、まずは巨大な生命体の細胞である人間が殺されていく。抹殺された者たちは昨日まで欲望の、快楽の叫びを上げていた人たちである。

作家は夥しい死骸に、千年、二千年の時間のなかで築かれた都市が一夜の間に滅んでいく姿を見る。

近代の滅亡について彼は語っている。

「〜もっと瞬間的な、突然変異に似た現象が起り得る可能性がある。かつて銃器を持たない人たちにとって、銃器を持った異人種による攻撃が、ほとんどその意味を理解するひまもあたえられぬほど、瞬間的な、突如たる滅亡として終ったように、これからその世界は目にもとまらぬ全的消滅を行い得るであろう」（武田泰淳『滅亡について』より）

作家はインカ帝国がひと握りの銃を持った人によって滅んだ歴史的事実を引いて都市の

滅亡が一瞬のうちに起こりうること、近代はさらにその可能性があることを語っている。

彼は滅亡の片鱗にふれたのである。

ただ全的滅亡を逃れさえすれば都市は再生する。

わずかな草の根が焦土の下に残っていれば、細胞は再生する。


以前、私は神殿のある場所の下には、かつての神殿が眠っている話を書いた。それは土地そのものが持つ力（エネルギー）によるものだ。一度でも都と呼ばれ人々を吸収した都市は復活することも書いた。

都市が生命体であることは、細胞のひとつである人間のうちに過去と未来が共存しているように、都市も過去と未来を内包している。

外灘《バンド》の高層ビルの上から眺望すると対岸にある上海の過去が見える。訪れるたびに新生した細胞に侵食されているのもよくわかる。

その一角に足を踏み入れると、上海の異種の匂いを感じる。どんな都市にもそういう一角はある。そこに暮らす人たちは自分たちの行く末を知っているかのように悠然と生きている。見事である。

都市を旅することは大いなる時間を見ることである。大いなる時間を見つめることは滅亡の過程を見ることでもある。

――滅亡は醜いものなのか？　それとも滅亡のうちに美は存在するものなのか？

古今、物語は滅亡のなかに美を織りこめてきた。それは作者が敢えてしたものだろうか。そうだとしてもなぜ滅亡のなかに美を求めたのか？

それは滅亡のなかに慟哭があり、滅亡は常に哀切をともなうからである。惜別の念を抱くからだ。それが私たちの生と似ているからではなかろうか。

一兵卒だった作家は上海のフランス租界で敗戦をむかえる。

作家は上海にいたインド人、白系ロシア人、ユダヤ人、朝鮮人……、その他あらゆるヨーロッパとアジアの民族で自国の保護を受けていなかった追放者、放浪者、亡命者たちと同じ立場になる。

歓喜する民衆のなかで作家は、己が滅亡のなかにいるのを発見する。

「世界の持つ数かぎりない滅亡、見わたすかぎりの滅亡、その巨大な時間と空間を忘れている。だが時たま、その滅亡の片鱗にふれると、自分たちとは無縁のものであった、この巨大な時間と空間を瞬間的にとりもどすのである。（滅亡を考えることには、このような、より大なるもの、より永きもの、より全体的なるものに思いを致させる作用がふくまれている。）」（武田泰淳『滅亡について』より）

上海。外灘（バンド）の眺め。

都市は巨大化していくたびに滅亡にむかっているのか。上海の驚異的な変容はいつかやってくる滅亡の美の予兆なのか。
都市の変容と滅亡、旅人はそれをどう見たのかを、旅の最後に考えてみたい。

注……武田泰淳（1912〜1976）
小説家。野間宏、梅崎春生、椎名麟三らとともに「第一次戦後派作家」と呼ばれる。代表作に『司馬遷』、『蝮のすゑ』、『風媒花』、『ひかりごけ』など。

それでも私は旅を続ける――上海

旅人は旅の時間のなかで、おのずと世界を知り、世界に関わる。

旅の目的が何であれ、とどまった土地で遭遇したものは現実世界であり、現実というものは人間に対していつも容赦なく見たものが何であるかを宣告する。

戦争に遭遇すれば、そこで人間の憎悪と狂気を見る。恐怖に無感覚になった人間の表情と、奇妙な落ち着きぶりに戸惑う。

夥しい死体を見れば、戦争がどんな理由ではじまったのか、ということが戦場ではまったく意味をなさないのがわかる。

殺戮というものはそういうものなのである。

飢餓の土地に行けば、人間がかくも容易に死んでいくことを知り、これを救う術がない現実に途方に暮れる。

夥しい数の餓死は、それが日常になれば自分が生きていることが偶然であるのかもしれない、と錯覚する。

この旅のなかでは取りあげなかったが、ポーランドのアウシュビッツ収容所を訪ねた。見ておくべき場所だから出かけた。私をむかえてくれた日本人の案内人は物静かで温和な人だった。収容者たちが列車から降ろされ、歩かされた道を案内人と歩いた。折からやわらかな初夏の風が吹いて流れ、路傍の野花を揺らしていた。かつてここが殺戮の場所であったとき、花は咲いてもいなかったろう。収容所で目にしたものは、予期したとおり私たちが見ておくべきもの、知っていなくてはならないものだった。黙示であってはならないものである。

残されたものたちが立証しているのは、これがまぎれもなく人間がなしたものであるということだ。アウシュビッツから戻ったパリのホテルで、私はナチ復興を叫び整然と行進する若者たちがテレビ画面に映っているのを見た。彼等もまた祝福されて誕生してきた子なのである。

過ちをくり返すのが人間だとしたら、人間はどうしようもない生きものである。

――そうかもしれない……。

都市の享楽のなかに身を置けば、人はひたすら快楽に浸ることができるし、欲望のためにモラルに外れたことでもいとも簡単にやってのける。相手の痛みなど知ったことではない。

　むしろ相手の嘆きが当人の快楽を昂《たか》めたりする。

　富を得た者はさらに富を得ようとエスカレートし、人としてのモラルを平然と破る。いったん、領域を超えれば、秩序もへったくれもない。堰《せき》を切った水があふれるがごとくに快感の河に身をゆだねる。

　享楽に浸る行為は人間が社会的生きものとなったときからすでに存在し、二千年以上途絶えたことがない。それが戦争と似ていると言えば、言えなくもない。

　中国の享楽と言えば、阿片窟《あへんくつ》である。

　享楽の追求からすると、おそらく阿片窟が世界のトップであろう。今は消滅しているのか。そんなことはあるまい。中国はそんなに容易《たやす》く伝統を捨てない国である。煙筒《キセル》の煙は細くなってはいても、どこかで漂い続けているはずだ。

　私は若い時分、好奇心旺盛だったからドラッグを試すことがあった。効くものも効かないものもあったが、あの脱力感に拒否反応があった。一度、ロスアンゼルスで象を眠らせる銃弾のなかに入れるやつを服用して半日笑い続けたことがあった。テーブルをはさんで正面に相棒が座っていたのだが、一瞬のうちにテーブルが何百メートルにも伸びて、相棒はずいぶん遠くで笑い転げていた記憶がある。
人間の脳神経はいとも簡単にバランスを失う。

都市の享楽と対極にあるのが、荒涼たる原野の旅であろう。生きものの気配がしない土地は地球上にはいくらでもある。人の気配がしない点なら、地球上ではその領域のほうが広いはずだ。

サハラ砂漠で案内人と二人で旅をしていて目的地がわからなくなり、案内人が私を置いて周囲を探索に出たことがあった。一時間、二時間経っても案内人は戻ってこなかった。そのうち相手はこのまま戻ってこないのではないかと思いはじめた。まあ半日待って戻ってこなければ自力で脱出するしかないわけで、私なりにどちらの方向にむかって歩きはじめればいいのかを考えてみた。ところがこれがさっぱり見当がつかなかった。四方をぐるりと見渡しても砂漠はどれも皆同じ風景だった。

私の足元から案内人が乗っていったランドローバーの車輪の跡があった。これに沿って進めばいいのだろうが風が少し吹きだしたら、たちどころに轍《わだち》は消えてしまう。そうなると憖《なま》じい車が目指した方角を頼りにすることが脱出のマイナスになる気がした。それなら夜を待って星座を頼りに北にむかったほうがいい。北を目指せばいずれ地中海に出る。それだけの体力があればであるが……。

結果として四時間後に案内人は笑って戻ってきたのだが、その折にいろいろ考えたことは私にとっていい経験だった。

旅の原点はどこにあるのか。そんなことを砂漠での経験から考えるようになった。

物見遊山の旅も旅であろうが、最初に書いたように私は、人間にはひとつところに定住できない人がいるということ、遠い昔から彼等がこの地球上を彷徨するように旅したということ、に興味を覚え、魅力を感じてしまうのだ。

旅に出ざるをえない人々。その人たちの旅がいかなるもので、その旅のなかに何があるのかを知りたいと思った。

砂漠にとり残されたとき、私はそこを脱出することを最初に考えたが、やがてこれが旅の途中であったらどうするのだろうかと考えるようになった。

延々と砂漠がひろがる土地で旅人はそこを彷徨することに堪えられるものなのだろうか。いや堪えるというより何らかの愉楽を得られるのだろうか。

旅することがもし人間の本能に近い場所から発しているものなら、そこに欲求、欲望があってしかるべきである。

欲望の目指すところに常に愉楽があるとは限らないのだろうが、少なくとも悲劇的な状況を目指して人間が行動を起こすことは、稀にしかない。

人類の最初の旅人であった原始の人々はいかなる土地を目指して、いかなるもの、予兆を感じて歩き続けたのか。彼等の大半は旅の途上で死に絶えたに違いない。それでも彼等は旅をやめなかった。それはなぜなのか。

私は世界でもっとも発展し、変容し続けている都市、上海の喧騒、雑踏のなかに身を置いている。

私は作家、武田泰淳の滅亡についての言葉を引用して、文明というものが一日にして滅ぶことを書いた。最先端にあればあるほどそこに滅亡の危機を孕んでいるのは、歴史の常である。

雑踏に立っていれば、旅が都市に辿り着くことを目的としてはいないということは、すぐにわかる。なぜなら都市に群がる人々は、自分たちが変容し続ける都市の細胞のひとつであることにすら気づいておらず、だとすればそこに、都市に安堵はないからだ。目の前にひろがる摩天楼はおそらく百年後にはどれも跡形なく失せているだろう。やはり都市は幻想でしかない。

綴ってきた旅の記録も終りが近い。

どの土地が印象に残ったか。そんなことは考えたこともない。印象は記憶の一断面でしかない。肝心なのは、この旅でいかなる精神と遭遇を得たかである。

さらに言えば、この場所、この状況、この時間であったら私の生が停止をしてもかまわないという瞬間があったかである。そんなものには遭遇しなかった。

それでも私は旅を続けるだろう。

彷徨することにしか私の探索はないような気がする。

エピローグ

そうして旅は終った。

三十歳代のなかば、私は一人の老人と二年間旅をした。

昼間は公営ギャンブルをやり、夜はその土地の人たちと麻雀を打ち続ける旅だった。

そういう旅のことを、昔は〝旅打ち〟と呼んだ。ギャンブル好きの人には、〝旅打ち〟という言葉が、何ともいい響きだと言う人もいる。しかし実際、そんな旅を続けることは、半分以上がしんどいことで、そんな日々から解放されたいと思うこともしばしばあった。第一、金がもたなくなると、体調もおかしくなる。

ただ、その老人との旅は違っていた。あとにもさきにも、あんな素晴らしい旅はなかった。私が経験した他のどの旅よりも、或る意味では、至福を得た旅であった気がする。

老人が六十歳。私は三十歳を過ぎた青二才だった。

老人と逢ったのは、新宿のちいさなバーの片隅だった。数人の男たちが老人を囲んで飲んでいた。ただ老人だけが輪の中央で眠っていた。老人を紹介してくれるという先輩について行ったのだが、いっこうに老人は起きる気配もなく眠っていた。男たちは、それが当たり前のようにして飲んでいた。

——どうして眠っているのだろうか……。

見ると、その寝顔は一見すこやかそうに映るのだが、よく見ると、時折、眉根に深いシワを寄せるときがあった。巨体であった。ビア樽と言っては失礼だが、樽そっくりの体軀《たいく》だった。ただ老人が大きなお腹の上にちょこんと置いた両手は、子供のそれのように白く透きとおっていた。

——肉体労働をしたことのない人かもしれない……。

一時間後、老人がぼんやりと目を覚ました。ここはどこだ？　という表情で周囲を見回し、顔見知りの男が「起きた、起きた、おーいようやく起きたよ」とカウンターのなかにいる女性にむかって言うのを見て、ここが酒場で自分が眠っていたことに気づき、報せを聞いて水を運んできた店の女性の手にあったグラスの水をゆっくりと飲み干した。

「今夜はどんな夢を見てたんだい？　いい女と一緒にいた夢かね？　それとも一発大きなのを当てて極楽みたいに騒いでいた夢かね？」

老人がそう尋ねた男を見て、

「その両方だったよ」

と素っ気なく言うと、皆が大笑いした。

先輩が、私を紹介した。

老人はじっと私の顔を見つめて、

「前にどこかで逢いましたかね？」

と言った。

「いいえ、初めてです」

「そう……」

老人は首をかしげ、もう一度、私の顔を覗きこんだ。

すると側にいた誰かが、

「夢のなかで逢ったんじゃないのかね」

と茶化した。

「……そうかもしれない」

老人は言い、私を見て笑った。少年のような瞳だった。


二人の旅は、その年の夏からはじまった。

私鉄の駅のホームで待ち合わせ、上野まで行き、青森へむかった。電車のなかでもずっと老人は眠っていた。

その頃はもう、老人がそうやって四六時中睡眠を摂るのが病気だということを、私は知っていた。おだやかな表情で眠っているときもあれば、苦しそうに汗を掻きながら眠っているときもあった。苦しい睡眠は見ていて切なかった。

――どんな夢なのだろうか……。

想像もつかなかった。

青森への〝旅打ち〟を考えていた私に、二人旅を提案したのは老人だった。私は〝旅打ち〟は一人と決めていた。そうでないと博奕に集中できないし、第一、しのぎ合いが続いたときの自分の齷齪《あくせく》した姿を他人に見られたくなかった。

「私も連れていってくれませんか？　ひさしぶりに青森へ行きたいんです。それに……、北は私の方位としては極上なんです。何かお手伝いできるかもしれません」

北の方向にツキが、運があると聞いて、どれほどのツキで、どんな良運かを見てみたい気持ちが湧いた。

「いいですよ。六日打ちますが、かまいませんか」

「六日、イイネ。嬉しいナ」

到着した青森は、「ねぶた祭り」で電車も賑わい、街がふくらんでいそうだった。

プラットホームに降りると、老人は快晴の八月の空を見上げ、

「何だかやれそうだな。勝ったら津軽を買って帰ろうかな」

「じゃ私は下北半島を買いましょう」

二人して大笑いした。


四国、松山では、その筋とわかる男たちのなかに着物姿の姐《あね》さんが桟橋に立っていて、老人の姿を見つけると、恋人のように駆け寄って抱きついた。

「待っとったよ。もう離さんよ」

と夜の麻雀の席でもずっと姐さんは興奮していた。

温泉に入ると、一人でじっと座りこんでいた。背中から腹にかけての大きな傷跡が痛々しかった。

「松山の雲はのびやかですね」

よく雲を見あげる人で、きっと子供の頃にそうしたのだろうと想像した。

三角のカタチをしたものをひどく怖がる癖があり、富士山が見えはじめると、新幹線が麓を通り過ぎるまで、ずっと下をむいたままだった。

「もう過ぎましたか？」

「もう少しですが、後ろをむかなきゃ、大丈夫でしょう」

「それは無理です。怖いもの見たさがありますから」

名古屋、中村の元遊郭のあった路地を二人でうろついていたとき、もう整地してあるちいさな土地の前にじっと立って、

「ここに美味しいカツの店があって、民ちゃんという可愛い女の子がいたんです」

と懐かしそうに言って、淋しそうな吐息を零《こぼ》した。

呆れるほどの記憶力だった。


賭博の基本を教わった。賭け事のベースにあるのは記憶力である。そのデータだけが、その人のギャンブルの腕を決める。打っている間の大半は、シノグことでしかない。記憶と流れが一致したとき、打って出る。いったん打って出たあとは、定石も加減もない。常軌をどれだけ逸脱できるかで、賭け事の高が決する。しかしそんなときは、半年に一度もない。

美味い料理をこしらえている店の見分け方、やさしい女がいる飲み屋の勘の探り。どこからか聞こえるジャズの音色は逃がさなかった。

旅で、大切なことをずいぶんと学んだ。

二年目の夏が来て、また青森へ入った。

老人は少し様子がおかしかった。

いつもは気持ちが跳ねるように、〝旅打ち〟に来ることができた喜びが表情に出るのだが、昼も夜も、寡黙であった。

「少し元気がありませんね」

「そんなことはありません。そう見えたんだったらゴメンナサイ」

「いや、そうじゃなくて。こちらこそすみません」

「次は、弥彦《やひこ》に桜の頃に行きましょう。弥彦村の桜は北では一番です」

「そうしましょう」

六日間の最後のレースが終り、その旅の帰りは飛行機に乗ることを伝えておいた。

飛行場にむかおうとすると老人が言った。

「私が一緒に乗ると飛行機が危ないかもしれませんから、私は電車で帰ります」

「では私も」

「いや、一緒はやめてください」

訳がわからなかった。私は飛行機に乗って帰京した。

老人は、北の友人の街に寄ったらしい。そうしてそこで暮らしはじめた。数ヶ月後、その街で老人が亡くなったことを聞いた。

今でも私は旅に出かけると、空を見あげて雲を眺める。

私はもう老人より高齢になった。私の背中を見る人はいない。ただ私の見あげた空の雲間に、老人の姿があるだけである。

旅が好きな人だった。

旅だけが老人を本当の姿にしてくれたのかもしれない。

パリ。セーヌ河畔。

伊集院静（いじゅういん・しずか）

1950年山口県防府市生まれ。

立教大学卒業後、CMディレクター、作詞家、コンサート演出家などを経て、1981年、『皐月』で作家デビュー。2016年、紫綬褒章を受章。

＜主な受賞歴＞

1991年、『乳房』で第12回吉川英治文学新人賞受賞。

1992年、『受け月』で第107回直木賞受賞。

1994年、『機関車先生』で第7回柴田錬三郎賞受賞。

2001年、『ごろごろ』で第36回吉川英治文学賞受賞。

2014年、『ノボさん　小説　正岡子規と夏目漱石』で第18回司馬遼太郎賞受賞。

＜上記以外の主な作品＞

小説……『三年坂』、『海峡』、『羊の目』、『いねむり先生』、『愚者よ、お前がいなくなって淋しくてたまらない』、『星月夜』、『東京クルージング』など。

エッセイ……『大人の流儀』シリーズ、『伊集院静の「贈る言葉」』、『作家の遊び方』、『伊集院静の流儀』など。


『旅人よ　どの街で死ぬか。　男の美眺』初出

■プロローグ……書きおろし
■第一章〜第五章……『UOMO』（集英社）2006年4月号〜2008年3月号連載
『どの街で死ぬか。男の美眺』を加筆修正のうえ再構成
■エピローグ……書きおろし

旅人よ　どの街で死ぬか。
男の美眺
2017年3月29日　第1刷発行

著　者　伊集院静
発行者　茨木政彦
発行所　株式会社　集英社
〒101-8050
東京都千代田区一ツ橋2-5-10
編集部：03-3230-6141
読者係：03-3230-6080
販売部：03-3230-6393（書店専用）
印刷所　凸版印刷株式会社
製本所　加藤製本株式会社

 ISBN 978-4-08-781623-5 C0095